108
योग मुद्राएँ

108
योग मुद्राएँ

कमलेश सिंह

अनुवाद : डॉ. सुधीर दीक्षित

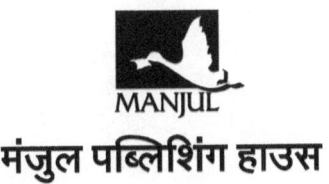

MANJUL

मंजुल पब्लिशिंग हाउस

MANJUL

मंजुल पब्लिशिंग हाउस

कॉरपोरेट एवं संपादकीय कार्यालय

• द्वितीय तल, उषा प्रीत कॉम्प्लेक्स, 42 मालवीय नगर, भोपाल-462003

विक्रय एवं विपणन कार्यालय

• सी-16, सेक्टर 3, नोएडा, उत्तर प्रदेश - 201301, इंडिया

वेबसाइट : www.manjulindia.com

वितरण केन्द्र

अहमदाबाद, बेंगलुरू, भोपाल, कोलकाता, चेन्नई,
हैदराबाद, मुम्बई, नई दिल्ली, पुणे

कमलेश सिंह द्वारा लिखित मूल अंग्रेजी पुस्तक
फीलींग पीज़ विथ 108 योगा पोज़ेस का हिन्दी अनुवाद

कॉपीराइट © 2010, कमलेश सिंह
सर्वाधिकार सुरक्षित

यह हिन्दी संस्करण 2014 में पहली बार प्रकाशित
चतुर्थ आवृत्ति 2018

ISBN 978-81-8322-314-0

हिन्दी अनुवाद : डॉ. सुधीर दीक्षित

मुद्रण व जिल्दसाज़ी : रेप्रो इंडिया लिमिटेड

मैं यह पुस्तक परम सम्मान के साथ
श्री माता अमृतानंदमयी देवी,
प्यारी अम्मा को समर्पित करती हूँ

(www.amma.org)

ॐ असतो मा सद्गमय
ॐ तमसो मा ज्योतिर्गमय
ॐ मृत्योर्मा अमृतं गमय

हमें झूठ से सच की ओर
अंधकार से प्रकाश की ओर
और मृत्यु से अमरता की ओर ले चलें

विषय–सूची

108 क़दमों की यात्रा पर चलें!

इस पुस्तक में दिए 108 क़दमों की यात्रा करें और देखें कि यह गूढ़ अंक आपको कहाँ ले जाता है। इस यात्रा की बदौलत आपको अनूठी नियामतें मिलें और अज्ञात के रोमांचक अनुभव हों!

108 अंक को इस संसार में पवित्र अंक माना जाता है और इसके कई कारण हैं। कहा जाता है कि इंसान की *आत्मा* यात्रा की 108 अवस्थाओं से गुज़रती है। ज्योतिष में 12 घर और 9 ग्रह होते हैं। इन संख्याओं का गुणांक भी 108 होता है। सूर्य का व्यास पृथ्वी के व्यास से 108 गुना है। *माला* में 108 मनके होते हैं, जिनसे लोग मंत्रों का जाप करते हैं या विभिन्न लाभों के लिए पहनते हैं। चीनी, बौद्ध और ताओ 108 मनकों की माला का इस्तेमाल करते हैं। रुद्राक्ष की *माला* भगवान शिव के आँसुओं की बूँद का प्रतीक है। रुद्र यानी शिव और *अक्ष* यानी आँसू। माना जाता है कि रुद्राक्ष का पौधा भगवान शिव के आँसुओं से उत्पन्न हुआ था। *आयुर्वेद* विज्ञान बताता है कि 108 मनकों की रुद्राक्ष *माला* पहनने से स्वास्थ्य में अप्रतिम वृद्धि होती है।

प्राचीन भारत में संस्कृत को दैवी भाषा माना जाता था। यह भाषा आदिकालीन ध्वनियों पर आधारित थी और मानव ध्वनियों का स्वाभाविक विकास संसार की सबसे प्राचीन ज्ञात भाषा के रूप में जाना जाता है। महान वैज्ञानिक, दार्शनिक और ऐतिहासिक ग्रंथ संस्कृत में अनूदित हो चुके हैं। इस पुस्तक में वर्णित योगाभ्यासों के विभिन्न नाम भी संस्कृत में ही हैं।

योग की पृष्ठभूमि

इस पुस्तक में बताए गए 108 योगाभ्यास हठयोग और *अष्टांग* योग के मेरे अनुभवों और प्रशिक्षण पर आधारित हैं। *अष्टांग* योग में आठ अंग होते हैं। अष्ट यानी आठ और *अंग* यानी अवयव। योग के आठ अंग स्वयं में शाश्वत स्वरूप खोजने के क़दम हैं।

- पहला अंग है *यम*। इसमें *अहिंसा, सत्य, अस्तेय* (चोरी न करना), *ब्रह्मचर्य* और *अपरिग्रह* (संग्रह न करना) शामिल हैं।

- दूसरा अंग है *नियम*। इसमें *शौच* (शुद्धता), *संतोष, तप, स्वाध्याय* और *ईश्वर के प्रति समर्पण* शामिल हैं।

- तीसरा अंग है *आसन*, यानी मुद्रा या बैठक। योग मुद्राओं का अभ्यास मनुष्य को दृढ़ता से बैठने और केंद्रीयता का अहसास पाने के लिए तैयार करता है।

- चौथा अंग है *प्राणायाम* (श्वास के अभ्यासों द्वारा जीवन–शक्ति पर नियंत्रण)।

- पाँचवाँ अंग है *धारणा* (एकाग्रता)।

- छठा अंग है *प्रत्याहार* (इंद्रिय निग्रह)।

- सातवाँ अंग है *ध्यान*।

- आठवाँ अंग है *समाधि*।

इनमें से प्रत्येक अनुभव जीवन की विभिन्न अवस्थाओं में हो सकता है।

18 मई 2009 को *अष्टांग* योग के आधुनिक गुरु श्री के. पट्टाभि जॉइस ने अपना शरीर त्याग दिया। उन्हें ससम्मान *प्रणाम* और दैवी आशीष। मैं कामना करती हूँ कि उनकी आत्मा उनके द्वारा प्रेरित अनुयायियों के माध्यम से हमेशा जीवित रहे। उन्होंने इस संसार को जो दिया है, उसके प्रति कृतज्ञता सहित।

हर आसन के मार्गदर्शक सिद्धांत

इस पुस्तक में दिए गए योगासन का अभ्यास हर वह व्यक्ति कर सकता है जो पूर्ण स्वस्थ हो। अपनी निपुणता और आराम के स्तर के अनुसार हर आसन में फेरबदल अवश्य कर लें।

जहाँ लागू हो, वहाँ आसन को हमेशा पहले दाईं ओर करें और फिर बाईं ओर दोहराएँ।

इस पुस्तक में दिए गए सभी आसन कम से कम 1 से 2 बार और अधिकतम आपकी सुविधानुसार, बिना तनाव या अतिरिक्त बल के किए जा सकते हैं।

यदि संभव हो तो अधिकतम लाभ हेतु प्रतिदिन योगाभ्यास करें।

यदि आप *उज्जयी* प्राणायाम करने में सक्षम हों तो इसे अवश्य करें। *उज्जयी* प्राणायाम श्वांस लेने और छोड़ने का ऐसा अभ्यास है, जिसमें फेफड़े फूलते हैं और सीना बाहर निकलता है। इसमें साँस नथुनों से भीतर ली जाती है और गले के पीछे छोड़ी जाती है।

चेतावनी : इस पुस्तक का उपयोग किसी रोग या बीमारी के निदान, उपचार या रोकथाम के लिए न करें। आपके स्वास्थ्य संबंधी सभी मामलों में चिकित्सकीय निगरानी आवश्यक है। इस पुस्तक में दिए गए सभी विचार केवल लेखिका के हैं। इस पुस्तक में दी गई कोई भी जानकारी चिकित्सकीय सलाह के रूप में नहीं दी गई है। यह जानकारी इस उद्देश्य से नहीं दी गई है कि आप डॉक्टर द्वारा अनुशंसित किसी भी उपचार योजना को बंद करें, रोकें या परिवर्तित करें। यह पुस्तक केवल पाठक को जानकारी देने के उद्देश्य से लिखी गई है। यदि आप इस पुस्तक में बताए गए किसी भी आसन को किसी अधिकृत चिकित्सक की निगरानी के बिना करते हैं, तो जोखिम के लिए आप स्वयं ज़िम्मेदार हैं। किसी भी प्रकार का व्यायाम शुरू करने या बदलने से पूर्व हमेशा अपने चिकित्सक से सलाह अवश्य लें। यदि आप वर्तमान में दवाएँ ले रहे हैं, तो इस पुस्तक में दी गई किसी भी जानकारी के आधार पर अपने डॉक्टर की सलाह के बिना उन्हें न तो छोड़ें, न ही बदलें। सभी प्रकार के आसनों में थोड़ा–बहुत जोखिम होता है। इस पुस्तक

की जानकारी उचित व्यायाम प्रशिक्षण देने के उद्देश्य से दी गई है। कोई भी ऐसा जोखिम न लें, जो आपके अनुभव, प्रशिक्षण और फ़िटनेस के स्तर से परे हो। ख़ास तौर पर कोई योगासन करने के लिए शरीर पर अनावश्यक दबाव न डालें, न ही किसी मांसपेशी को बलपूर्वक खींचें। लेखिका, संपादक और प्रकाशक पाठकों को सलाह देते हैं कि वे अपनी सुरक्षा की पूरी ज़िम्मेदारी स्वयं लें और अपनी सीमाओं का ज्ञान स्वयं रखें। प्रकाशक और लेखिका इस पुस्तक में दी गई जानकारी की सटीकता या पूर्णता के लिए किसी तरह ज़िम्मेदार नहीं हैं और किसी भी प्रकार की शारीरिक क्षति, चोट, नुक़सान आदि के लिए उत्तरदायी नहीं हैं तथा इस संबंध में किसी प्रकार की क्षतिपूर्ति का दावा मान्य नहीं होगा। कृपया अपनी शारीरिक स्थिति के अनुसार इस पुस्तक के किसी भी सिद्धांत को लागू करने में अपनी सामान्य बुद्धि का इस्तेमाल करें। ज़रूरी नहीं है कि इस पुस्तक में दी गई सलाह और रणनीतियाँ सभी स्थितियों के लिए अनुकूल हों।

प्रस्तावना

बचपन में मैं बहुत कम बोलती थी। मैं पढ़ती थी, डायरी लिखती थी और यह प्रार्थना करती थी कि मेरा जीवन अर्थपूर्ण हो। मैंने संसार भर में कई साहसिक व जोखिम भरी यात्राएँ कीं, आत्मविनाशकारी कार्यों में संलग्न हुई, मनोविज्ञान में बी.ए. किया, फ़िज़िकल एज्युकेशन में एम.ए. किया और क्लैड टीचिंग क्रिडेंशियल पूरा किया। आश्चर्य यह है कि इन सबके बाद भी मैं बच गई। एक दिन मैं एक योग क्लास में गई। और जब मैंने पहली योग की क्लास ली, तो ऐसा लगा मानो मैं किसी पुरानी चीज़ को याद कर रही हूँ। शायद इसका संबंध मेरी भारतीय जड़ों से था, क्योंकि मेरे परदादा पंजाब के थे। उस पहली योग क्लास के बाद मुझे स्टूडियो में नौकरी मिल गई। मैं समझ गई कि इस तरह सृष्टि यह संकेत कर रही है कि योग और मैं दोनों एक दूजे के लिए बने हैं! मैं पिछले दस वर्षों से योग का अभ्यास कर रही हूँ और सिखा भी रही हूँ। योग मेरे जीवन का अनिवार्य अंग बन चुका है और मुझे नहीं पता कि इसके बिना मैं कहाँ होती।

कमलेश सिंह का योग दर्शन

योग न तो धर्म है, न ही संस्था। इसमें किसी पूर्वाग्रह, आलोचना या विभाजन के लिए स्थान नहीं है। यह शर्तरहित प्रेम की सर्वव्यापी भाषा है, जो हमारे अस्तित्व की गहराई में शाश्वत रूप से रहती है और यह सभी लोगों के लिए उपलब्ध है। यह मानव जाति के लिए औषधि है और एक ऐसी यात्रा है, जिसका अनुभव मायने रखता है। वैश्विक चेतना किसी भी प्रयास को अनदेखा नहीं करती, चाहे वह कितना ही छोटा क्यों न हो। उस चेतना में आनंद की

कोई सीमा नहीं है। यह वह जगह है, जहाँ मैं आपके सत्य को देखती हूँ, आप मेरे सत्य को देखते हैं और हम असीमित प्रेम में डूबकर एक हो जाते हैं।

विशेष धन्यवाद

मेरे *अष्टांग* योग शिक्षक टिम मिलर और शॉन ओ'शिया को;

लीना किथ, डॉन्डी ट्रूस्डेल, मार्क विटली,

मेरे परिवार के सदस्यों, मित्रों, मेरी पीएसआई 7 टीम
474 को और हर प्रिय व्यक्ति को।

आप सभी को धन्यवाद, जो आपने मुझ पर विश्वास किया
और मेरे सपनों को सहारा दिया!

"मेरा काम खुद को दोबारा गढ़ना नहीं है,
बल्कि ईश्वर ने मुझे जो दिया है, उसे सर्वश्रेष्ठ बनाना है।"
—रॉबर्ट ब्राउनिंग

ऊँट की मुद्रा

क्रोध

✦ उष्ट्रासन ✦

ऊँट की मुद्रा

बड़ी आश्चर्यजनक बात है कि हर इंसान को क्रोध आता है! क्रोध का भाव हमारे मानव स्वभाव का एक अभिन्न अंग है। वैसे यह हमारे हाथ में होता है कि हम इसका उपयोग कैसे करें। हम उत्प्रेरक के रूप में इसका इस्तेमाल करके अपने लक्ष्य तक पहुँच सकते हैं, या फिर इसे अपनी प्रगति में बाधक बनने दे सकते हैं। क्रोध को क़ाबू में रखने के लिए *उष्ट्रासन* का अभ्यास करें। जब हम सीने को चौड़ा करके खोलते हैं और रीढ़ की कठोरता को ढीला छोड़ते हैं, तो क्रोध उत्पन्न हो सकता है। साँस छोड़कर हम इसे मुक्त करते हैं और ताज़ा ऊर्जा उत्पन्न करते हैं। इस मुद्रा के नियमित अभ्यास के कई अन्य लाभ भी हैं। अपने क्रोध को नियंत्रित करें और इसे अपना सहयोगी बना लें।

- झुकें और अपने पैर कूल्हों की चौड़ाई जितने दूर कर लें।
- अपने पंजों के ऊपरी हिस्से को फ़र्श पर दबाएँ।
- कमर के ऊपरी हिस्से को धनुष की तरह झुका लें, कूल्हे आगे धकेलें और पीछे की ओर झुक जाएँ।
- अपना दायाँ हाथ दाईं एड़ी पर रखें और बायाँ हाथ बाईं एड़ी पर।
- अपने पेट को आगे की ओर धीरे से धकेलें और सिर पीछे की ओर झुका लें।

सर्प की मुद्रा

चिंता

✦ भुजंगासन ✦
सर्प की मुद्रा

चिंता एक ऐसा भाव है, जो अधिकतर मनुष्यों को समय-समय पर परेशान करता है। अक्सर ऐसा होता है कि हम जिस बारे में चिंता करते हैं, उनमें से अधिकांश चीज़ें दरअसल कभी होती ही नहीं हैं। चिंता करना इंसान की बेहतरी की राह में बहुत बड़ी बाधा हो सकता है। तनाव से मन को राहत देने और केंद्रीय तंत्रिका तंत्र को शांत रखने के लिए *भुजंगासन* करें। इससे रूकावट, शंका और नकारात्मकता में कमी आती है। सकारात्मक ऊर्जा ज़्यादा खुलकर प्रवाहित होती है। इस आसन से कई अन्य लाभ भी होते हैं। ऊर्जा ऊपर की ओर उठती है और इंसान के मनोबल को बढ़ाती है।

◆ पेट के बल लेटें और हाथों को कोहनी से मोड़ लें।

◆ आपकी कोहनियाँ सीधे कंधों के समानांतर हों।

◆ सीने को आगे ले जाएँ और कंधों को पीछे खींचें।

◆ निगाह ऊपर रखें और ठुड्डी को ऊपर की ओर उठाएँ।

आगे झुकने वाली मुद्रा

भूख

✦ उत्थित पाद हस्तासन ✦
आगे झुकने वाली मुद्रा

उत्थित पाद हस्तासन से खाने में अरुचि दूर होती है और भूख दोबारा जागती है। महिलाएँ ध्यान दें, इसे तब न करें, जब आपको चुस्त जीन्स पहनने की ज़रूरत हो। दरअसल, रीढ़ को लंबा करते हुए पाचन को उत्तेजित किया जा सकता है। इससे मांसपेशियों की शक्ति बढ़ती है और शरीर मज़बूत बनता है। न केवल भोजन, बल्कि एक स्वस्थ जीवनशैली अपनाने की इच्छा भी जागती है।

- सीधे खड़े होकर हाथों को सिर के ऊपर उठाएँ।

- अपने ऊपरी शरीर को आगे की ओर झुकाते हुए नीचे आएँ, ताकि आपकी रीढ़ खिंच जाए।

- अपने हाथों की अँगुलियों को पैरों की अँगुलियों के नीचे रखें। पैर के अँगूठों को कलाइयों की ओर लाएँ।

- अपनी कोहनियाँ बग़ल में फैला लें और माथे को घुटनों की ओर ले जाएँ।

ख़रगोश की मुद्रा

दमा

✦ शशकासन ✦
ख़रगोश की मुद्रा

शशकासन करने से शरीर में ऑक्सीजन का प्रवाह बढ़ता है। इससे वायु मार्ग खुल जाते हैं और फेफड़ों तथा सीने को ऊर्जा मिलती है। यह आसन तंत्रिकाओं को शांत करने और भावनात्मक तनाव कम करने के लिए अच्छा होता है, जो दमे के दौरों में स्वाभाविक रूप से होते हैं। *शशकासन* करने से चैन की नींद आने में भी मदद मिलती है, फेफड़े स्वस्थ रहते हैं और दमे से जुड़ी समस्याएँ न्यूनतम हो जाती हैं। आगे बढ़ें – साँस लें – और जीवन को पूरी तरह जिएँ!

- ♦ घुटने फ़र्श पर टिका लें। कूल्हे ऊपर की ओर उठाएँ, अपने शरीर के ऊपरी हिस्से को मोड़ते हुए आगे की ओर झुकें।

- ♦ सिर के ऊपरी हिस्से को घुटनों के सामने फ़र्श पर टिकाएँ।

- ♦ हाथों को पीछे ले जाएँ। एड़ियों को पकड़ लें और हाथ तान लें।

- ♦ अपनी ठुड्डी को सीने की ओर ले जाएँ।

कछुए की मुद्रा

आसक्ति

✦ कूर्मासन ✦
कछुए की मुद्रा

आसक्तियों से हमारे जीवन में आदतें बनती हैं। हम जिस चीज़ की ओर खिंचते हैं, उसे अपनी ओर लगातार आकर्षित करते हैं और वह हमारे जीवन में साकार हो जाता है। योग का विज्ञान बताने वाले महान ऋषि पतंजलि ने कहा है, "आसक्ति ख़ुशी पर आधारित होती है। द्वेष दर्द पर आधारित होता है।" शांत होने पर मनुष्य विचलित करने वाले मनोभावों से ऊपर उठ सकता है। यदि आप अपने मन को शांत करना चाहते हैं तो *कूर्मासन* का अभ्यास करें। इसके बाद संसार आपके सपनों को पूरा करने के लिए आगे बढ़ आएगा।

- फ़र्श पर बैठ जाएँ और घुटने मोड़ते हुए पैर दूर-दूर फैला लें।
- दोनों पैर लगभग एक क़दम के फ़ासले पर फैलाएँ।
- आगे की ओर झुकें, हाथों को घुटनों के नीचे से निकालें और हथेलियाँ ज़मीन की ओर रखें।

मोर की मुद्रा

आकर्षण

✦ पिन्च मयूरासन ✦

मोर की मुद्रा

क्या आपको ऐसा प्रतीत होता है जैसे सारे संसार का बोझ आपके कंधों पर है? यदि ऐसा है, तो अपने जीवन में नियामतों को बढ़ाने के लिए *पिन्च मयूरासन* का अभ्यास करें। यह आसन कंधों को विकसित करता है और आत्मविश्वास बढ़ाता है। यह कंधों के जोड़ के लचीलेपन और स्थिरता में वृद्धि करता है। सुडौल और मज़बूत कंधों वाले लोग अच्छी चीज़ों को चुंबक की तरह आकर्षित करते हैं। हालाँकि *पिन्च मयूरासन* को सिद्ध करने में समय लगता है, लेकिन इसके लाभों को देखते हुए इतनी मेहनत करना वांछनीय है। सुरक्षा को ध्यान में रखते हुए किसी दीवार से टिककर इसका अभ्यास करें।

- पेट के बल लेट जाएँ। अपने हाथ के कोहनी तक के हिस्से को फ़र्श पर रखें। कोहनियों और कंधों को एक क़तार में ले आएँ।
- घुटनों को भीतर खींचते हुए कूल्हों को उठाएँ और पंजों को दबाएँ।
- हाथ के ऊपरी हिस्सों को इस तरह संतुलित करें, जिससे आपका ऊपरी शरीर न गिरे।
- पैरों को सीधी मुद्रा में ऊपर उठाएँ और अपनी कमर के निचले हिस्से में किसी भी तरह के चाप या झुकाव को कम कर दें।

आठ मोड़ वाली मुद्रा

दृष्टिकोण

✦ अष्टावक्रासन ✦
आठ मोड़ वाली मुद्रा

क्या आप किसी विचित्र आसन की तलाश कर रहे हैं? तो फिर सृजनात्मक मोड़ों वाले इस आसन को आज़माएँ, जिसे *अष्टावक्रासन* कहा जाता है। अष्टावक्र मुनि का शरीर जन्म से ही आठ जगह से मुड़ा था, लेकिन इसके बावजूद वे एक महान ऋषि बने। उनका दृष्टिकोण था, "बिना असफल हुए आगे बढ़ो।" जब आपको कोई योगासन देखकर लगे कि यह सही है और इसे करना चाहिए, तो इसके बाद आदर्श क़दम यही है कि उसे आज़माकर देखें। *अष्टावक्रासन* से मन और शरीर में तंत्रिकाओं का नियंत्रण बेहतर होता है। इसे लगातार करने पर इच्छाशक्ति और सकारात्मक दृष्टिकोण में वृद्धि होती है। समन्वय, शक्ति और ऊर्जा भी बेहतर हो जाते हैं। तो फिर देर किस बात की है? आइए यह आसन करें और अपने जीवन को बेहतर बना लें!

- ◆ बैठ जाएँ, दायाँ पैर उठाएँ और दायाँ हाथ इसके नीचे से ले जाते हुए बाहर निकाल लें।

- ◆ दाएँ हाथ को मोड़ें और अपनी कोहनी दाईं जाँघ के निचले हिस्से से टिका लें।

- ◆ बाएँ पैर को दाएँ पैर के पार ले जाएँ और इसे दाएँ पैर के नीचे रखें।

- ◆ आगे झुकें, अपनी कोहनियाँ मोड़ें और शरीर को ज़मीन से ऊपर उठाएँ। हथेलियों के बल संतुलन बनाएँ। अपने सिर और धड़ को फ़र्श से समान दूरी पर रखें।

कंधों के बल खड़े होने की मुद्रा

जागरूकता

✦ सर्वांगासन ✦

कंधों के बल खड़े होने की मुद्रा

क्या आप गर्दन के दर्द से तंग आ चुके हैं? वरनन हावर्ड ने कहा था, "बोध होने से पहले स्वयं के साथ मोहभंग होना चाहिए।" पूरी मानव जाति कुछ हद तक भ्रम में जीती है और चीज़ें सचमुच जैसी हैं, उन्हें वैसे नहीं देखती है। संभवत: हम जिसे दर्द मान रहे हैं, वह वास्तव में दर्द न होकर कुछ और हो। *सर्वांगासन* करने से ऊर्जा का सीधा प्रवाह गर्दन की ओर हो जाता है और मस्तिष्क की तरफ़ रक्त प्रवाह बेहतर होता है। *सर्वांगासन* से गर्दन और रीढ़ के जोड़ में चुस्ती आती है और लचीलेपन में मदद मिलती है। शरीर के विविध तंत्रों में संचार बढ़ता है, जिससे जागरूकता में अत्यधिक वृद्धि होती है।

- ◆ पीठ के बल लेट जाएँ। आवश्यक हो, तो अपने कंधों के नीचे कंबल रख लें।

- ◆ दोनों हाथ कूल्हों के नीचे रखें। फिर पैरों को सीधे रखते हुए ऊपर उठाएँ।

- ◆ हाथों को कंधों की हड्डी की ओर लाएँ और अपनी ठुड्डी को सीने पर भींचें।

- ◆ जब ठुड्डी सीने पर दबाव डाले, तो गर्दन को किसी भी वज़न से मुक्त कर दें।

- ◆ अपने सिर के पिछले हिस्से को आराम से फ़र्श पर टिकाए रहें।

द्वार की मुद्रा

कमर दर्द

✦ परिघासन ✦
द्वार की मुद्रा

स्वस्थ पीठ ही पूरी सेहत की बुनियाद है। कमर दर्द के बहुत से कारण हो सकते हैं, जैसे ग़लत मुद्रा में बैठना, मांसपेशियों की थकान और भावनात्मक सहारे का अभाव। कमर दर्द का इलाज करने वाले विशेषज्ञ सलाह देते हैं कि नियमित स्ट्रेचिंग व सामान्य व्यायामों के अलावा कमर को सही रखने वाले विशेष व्यायाम रोज़ करना चाहिए। मज़बूत रीढ़ मज़बूत पेड़ जैसी होती है, जिसकी शाखाएँ शक्तिशाली होती हैं। *परिघासन* कमर के लिए चमत्कारिक आसन हो सकता है। यह कमर की कठोरता को ख़त्म करता है और पेट को सुडौल बनाता है। बग़ल में झुककर किया जाने वाला *परिघासन* आपके दिन को सुखद बनाने वाला एक अहम आसन है।

- किसी ऐसी सतह पर बैठें, जो आपके घुटनों के लिए आरामदेह हो।

- बायाँ घुटना फ़र्श पर नीचे टिका दें और दाएँ पैर को बग़ल में फैला लें।

- अब दाएँ हाथ से दाएँ पैर को छूते हुए इसे ज़्यादा से ज़्यादा आगे ले जाने की कोशिश करें।

- इसके बाद बाएँ हाथ को सिर के ऊपर से लेकर आगे रखे पैर की ओर ले जाएँ।

वृक्ष की मुद्रा

संतुलन

✦ वृक्षासन ✦
वृक्ष की मुद्रा

एक पैर पर खड़े होकर संतुलन साधने की कोशिश बड़ी मज़ेदार हो सकती है और आप कुछ उसी तरह सी-सी कर सकते हैं, जैसे आपने बहुत मिर्च-मसाले वाली चीज़ खा ली हो। डगमगाते पैर और लड़खड़ाते हाथ स्थिरता में कमी के हमारे स्तर को उजागर कर देते हैं। संतुलन प्रायः तब बनता है, जब शरीर स्थिर हो, साँस अच्छी तरह प्रवाहित हो रही हो और मस्तिष्क एकाग्र हो। संतुलन बनाने के लिए *वृक्षासन* का उपयोग करें। दोनों पैर फ़र्श पर टिका लें, एड़ियों और पैरों की अँगुलियों से दबाव डालें। पैरों में मांसपेशीय ऊर्जा का संचार करें और स्थिरता के अहसास को अनुभव करें। संतुलन को गहरा बनाने के लिए हर मुद्रा में पहुँचते समय अपने विचारों पर ज़रूर ग़ौर करें।

- अपने दाएँ पैर को मोड़ें और उसकी एड़ी को अपने बाएँ पैर की जाँघ के भीतर की तरफ़ ज़्यादा से ज़्यादा ऊपर रखें।

- दाएँ पैर के अँगूठे को फ़र्श की ओर करके रखें।

- बाएँ पैर पर संतुलन साधते हुए दोनों हाथ सिर के ऊपर ले जाएँ।

- हथेलियाँ जोड़कर नमस्कार की मुद्रा बनाएँ और कंधों को ढीला छोड़ दें।

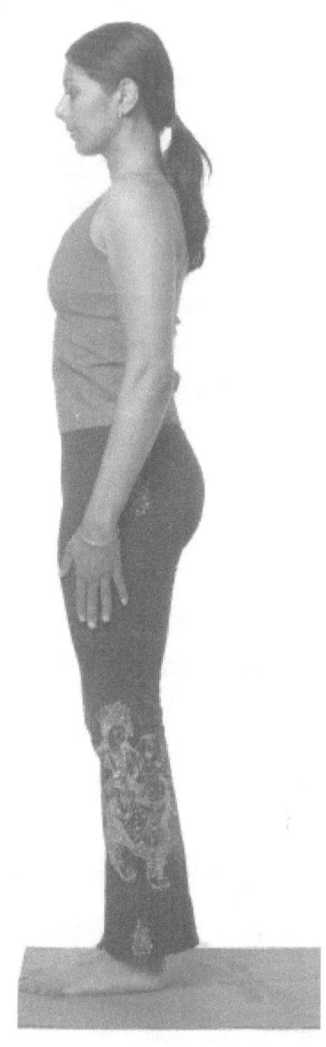

जागरूकता की मुद्रा में खड़े होना

शुरुआत

✦ समस्थिति ✦

जागरूकता की मुद्रा में खड़े होना

यदि किसी व्यक्ति को नए अनुभव नहीं हो रहे हैं, तो इसका मतलब है कि उसका जीवन निश्चित रूप से समाप्त हो रहा है। *समस्थिति* करके योगाभ्यास शुरू करें। शरीर को इस तरह सामंजस्य में लाएँ, ताकि यह आत्म–जागरूकता में समर्थ हो। उज्जयी प्राणायाम का अभ्यास करें, नथुनों द्वारा गले के पिछले हिस्से की ओर से श्वास खींचें, और गले तथा नथुनों के ज़रिए बाहर निकालें। श्वास जब गले से होकर गुज़रेगी, तो यह समुद्र की लहर की तरह आवाज़ कर सकती है। इस मुद्रा में कई बार साँस लें। आँखें बंद कर लें और भौंहों के बीच के बिंदु पर ध्यान केंद्रित करें। अपने अभ्यास के लिए कोई उद्देश्य तय करें या फिर सिर्फ़ ऊर्जा की आंतरिक उपस्थिति के बारे में जागरूक बनें। यह मुद्रा शरीर, मस्तिष्क और आंतरिक क्षमता को जाग्रत कर सकती है। अपने जीवन में नई शुरुआतों के लेखक बनें।

- पैरों को एक-दूसरे के पास रखकर खड़े हो जाएँ और हाथ बग़ल में रखें।

- पैर के अँगूठों और एड़ियों को आपस में सटाएँ।

- सीधे खड़े हों। कूल्हे अंदर की ओर रखें और अपने रिब केज (पसलियों के पंजर) को ऊपर उठाएँ।

- अपनी नाक की नोंक को देखते रहें या आँखें बंद कर लें।

पालथी मारकर बैठना

वरदान

✦ सुखासन ✦
पालथी मारकर बैठना

सृष्टि की प्रकृति ही ऐसी है कि यह हम पर लगातार वरदानों की बारिश करती रहती है। हमारी पाने की इच्छा की बदौलत हम सृष्टि की नियामतों से लाभ उठा सकते हैं। *सुखासन* में हम पृथ्वी से जुड़ते हैं और कुदरत की नियामतों को ज़्यादा अच्छी तरह भाँपने में समर्थ होते हैं। खुली हथेलियाँ सामने दिखने से खुलापन और अति संवेदनशीलता व्यक्त होती है। ढेर सारी नियामतें आपका इंतज़ार कर रही हैं। प्रश्न बस यह है कि आप कितनी नियामतें पाने में समर्थ हैं! सृष्टि के वरदान असीमित हैं और सर्वथा मौजूद हैं। आपको स्वयं से सिर्फ़ एक ही सवाल पूछना है, आप कितने वरदानों को सँभाल सकते हैं?

- अपने पैर मोड़कर पालथी मारकर बैठ जाएँ।
- यदि कूल्हे बड़े हों, तो तकिए पर बैठें या घुटनों के नीचे तकिया रख लें।
- रीढ़ को सीधा करें और हथेलियाँ घुटनों पर बाहर की तरफ़ दिखाते हुए रख लें।
- आँखें बंद कर लें और अंदर–बाहर जाती साँस पर ग़ौर करें।

आधे कमल की मुद्रा

ॐ का जप

✦ अर्ध पद्मासन ✦

आधे कमल की मुद्रा

मनुष्य हज़ारों सालों से कई तरीक़ों से जप करता आ रहा है। मंदिरों, आश्रम या चर्च में पारंपरिक जाप होता है। इसके अलावा लोग स्वयं भी कई तरह की ध्वनियाँ निकालते हैं। मसलन, मालिश कराते समय वे "आहहह" करते हैं, उपहार प्राप्त करते समय "ऊऊऊऊऊ" की ध्वनि निकालते हैं और चॉकलेट खाते समय "म्म्म्म्म्म्म" कहते हैं। इस तरह की आवाज़ें ॐ जैसी ही ध्वनि उत्पन्न करती हैं, जो पूरी सृष्टि में गूँजती है। असीमित ऊर्जा को जाग्रत करने के लिए ॐ ध्वनि का जप करें। *अर्ध पद्मासन* में बैठने से कूल्हों को राहत मिलती है और यह ॐ के जप के लिए सर्वथा उपयुक्त है।

- आराम से बैठ जाएँ और अपनी रीढ़ सीधी कर लें।
- अपने अँगूठों को तर्जनी अँगुलियों के साथ जोड़ लें।
- एक पैर की एड़ी को दूसरे पैर की जाँघ पर रखकर दवाएँ।
- अपनी एड़ी को पेडू के यथासंभव क़रीब ले जाएँ।
- दूसरे पैर को आड़ा मोड़ लें।

सारस मुद्रा

विकल्प

✦ बकासन ✦

सारस मुद्रा

शायद यह सच है कि आमंत्रण कई को दिया जाता है और चुना कुछ को जाता है। इसी तरह यह भी सच है कि आमंत्रण कई को मिलता है, लेकिन कुछ ही लोग सचमुच विकल्प चुन पाते हैं। जीवन अंतहीन संभावनाओं वाले विकल्पों का असीमित स्त्रोत है। चयन करना अज्ञात की खोज करना है। चयन की प्रेरणा हासिल करने के लिए *बकासन* का अभ्यास करें। *बकासन* में जब आप शरीर को ज़मीन के ऊपर रखते हैं और हाथों पर संतुलन साधते हैं, तो आप पानी में खड़े सारस जैसे नज़र आते हैं। जब कोई व्यक्ति इस मुद्रा में पर्याप्त समय तक रहता है, तो हाथों और पेट में चुस्ती आती है। हर बार मुद्रा का अभ्यास करने से मानवीय क्षमता की नई संभावनाएँ प्रकट होती हैं। चाहे आप चुनें या नहीं, विकल्प हमेशा आपके पास होता है।

- उकडू बैठकर पैरों को फ़र्श पर पूरी तरह टिका लें।
- हथेलियाँ कंधों के बीच की दूरी जितनी अलग रखें।
- कूल्हे ऊपर उठाएँ और घुटने हाथ के ऊपरी हिस्सों तक लाएँ।
- आगे झुकें, कोहनियाँ मोड़ें और पैर फ़र्श से ऊपर उठा लें।

मुड़ी हुई कुर्सी की मुद्रा

सफ़ाई

✦ परिवृत्त उत्कटासन ✦
मुड़ी हुई कुर्सी की मुद्रा

शारीरिक और मानसिक सफ़ाई स्वास्थ्यवर्धक योग अनुभव का अनिवार्य अंग है। *अष्टांग* योग के *नियमों* में भी इसका ज़िक्र मिलता है। साँस लेना भूलने से भी बुरी एक चीज़ है : श्वास के माध्यम से विषैली गंधों को ग्रहण करना। यह उल्लेखनीय है कि तीखी गंध सबसे कट्टर योगी को भी किस तरह विचलित कर सकती है। अशुद्धियों से मुक्ति पाने के लिए *परिवृत्त उत्कटासन* करें। इस मुद्रा में गैस की गतिविधियाँ हो सकती हैं। किसी भी प्रकार की फलियाँ और ब्रॉकली खाने से पहले यह अभ्यास करना न भूलें। अभ्यास करते समय ताज़गी भरे हल्केपन का आनंद लें।

◆ पैर मिलाकर खड़े हों और घुटने नब्बे डिग्री के कोण पर मोड़ लें।

◆ अपने धड़ को आगे करें और कूल्हों को पीछे ले जाएँ।

◆ रीढ़ के सबसे निचले हिस्से को नीचे दबाएँ और नाभि को रीढ़ की ओर खींचें।

◆ अपने हाथ सिर के ऊपर उठाएँ और दोनों हथेलियों को मिला लें।

◆ अपनी बाईं कोहनी को दाएँ घुटने के बाहर ले जाएँ और हथेलियों को नमस्कार की मुद्रा में एक साथ दबाएँ।

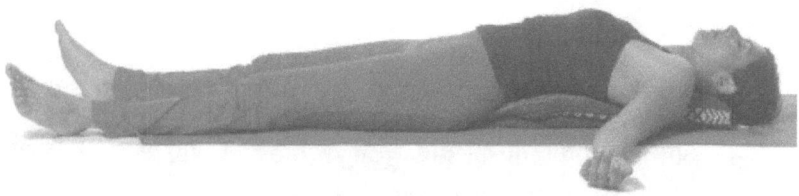

शिथिलता में श्वास नियंत्रण

ज़िम्मेदारी

✦ सालम्ब शवासन में प्राणायाम ✦
शिथिलता में श्वास नियंत्रण

"ज़िम्मेदारी" को पुस्तक की शुरुआत में ही इसलिए रखा गया है, ताकि वे पाठक भी इसका लाभ उठा सकें, जो किसी पुस्तक को पूरी पढ़ने में आदतन असमर्थ होते हैं। योग में सबसे बड़ी ज़िम्मेदारी होती है योगाभ्यास को पूरा करना। बहुत सी विचलित करने या ध्यान भटकाने वाली चीज़ें हो सकती हैं, जिनकी वजह से योगाभ्यास अधूरा रह सकता है। *प्राणायाम* (श्वास के व्यायाम के ज़रिए जीवन-शक्ति नियंत्रण) का अभ्यास करने से मस्तिष्क कार्यों पर अधिक एकाग्र होता है। इस तरह श्वास फेफड़ों के सभी हिस्सों में समान रूप से वितरित होती है, ख़ास तौर पर सबसे निचले हिस्से में। यदि प्राणायाम का अभ्यास किया जाए, तो *सालम्ब शवासन* राहत प्रदान कर सकता है। यह मन को शांत करता है और जीवन-शक्ति का विस्तार करता है, जिसे *प्राण* कहा जाता है। टिम मिलर कहते हैं, "श्वास का ध्यान रखना योगाभ्यास के लिए अनिवार्य है।"

- तौलिया या कंबल बिछाकर पीठ के बल फ़र्श पर लेट जाएँ।

- अपने हाथ चौड़े फैला लें और हथेलियाँ ऊपर की ओर रहें। पैरों को दूर-दूर फैला लें।

- रीढ़ के निचले हिस्से से अपने सिर के शिखर तक साँस लें और रीढ़ के नीचे साँस छोड़ें। साँस आराम से और एक जैसी लें। यही मूलभूत *प्राणायाम* है।

नीचे की ओर की श्वान मुद्रा (संशोधित)

करुणा

✦ नीचे की ओर की श्वान मुद्रा (संशोधित) ✦
(कोई संस्कृत नाम नहीं)

करुणा प्रदर्शित करने से लोगों के जीवन में गर्मजोशी भर जाती है। जब कोई व्यक्ति दूसरे इंसान के प्रति करुणा महसूस करता है तो स्वाभाविक रूप से उपचार और हृदय खुल सकते हैं। जब लोग करुणा के भाव में एकाकार होते हैं, तो क्या कुछ संभव नहीं हो सकता? नीचे की ओर की श्वान मुद्रा (संशोधित) हृदय को सही स्थिति में लाती है और रीढ़ को राहत देती है। शरीर के सामने वाले हिस्से के विस्तार से हृदय व्यापक होता है। हृदय के स्थान में साँस लेने से अवरुद्ध भाव या पुराना तनाव साफ़ हो सकता है। वास्तव में, दैवी प्रेम हमारे माध्यम से सहज भाव से प्रवाहित होता है और हमारे करुण स्वभाव को बढ़ाता है।

- अपने घुटनों और हथेलियों को फ़र्श पर मध्यस्थ रीढ़ मुद्रा में रखें।

- कलाइयों को कंधों के नीचे लाएँ और घुटने कूल्हों के नीचे रखें।

- हथेलियों को तब तक आगे फैलाएँ, जब तक कि आपके हाथ सीधे न हो जाए।

- कूल्हों को ऊपर उठाएँ और घुटनों को नीचे दबाएँ। ललाट को ज़मीन पर टिका लें।

- फेफड़ों के मूल से गहरी साँस लें।

मार्जार प्रसार आसन

एकाग्रता

✦ मार्जार प्रसार आसन ✦
(कोई संस्कृत नाम नहीं)

दिवास्वप्न देखने का मज़ेदार पहलू यह है कि किसी को पता नहीं होता कि आप खुली आँखों से सपने देख रहे हैं। बहरहाल, जब आपके पास एक निश्चित "कार्यसूची" होती है और आपको स्पष्ट पता होता है कि आपको क्या करना है, तब एकाग्रता चुनौतीपूर्ण हो सकती है। एकाग्रता बढ़ाने के लिए मार्जार प्रसार आसन का अभ्यास करें। इससे पीठ का दबाव हल्का होता है, तनाव कम होता है और संचार में वृद्धि होती है। आप इस आसन का जितना अधिक अभ्यास करते हैं, आपकी एकाग्रता बेहतर होने की संभावना भी उतनी ही अधिक होती है। एकाग्रता को *धारणा* भी कहा गया है, जो *अष्टांग* योग का पाँचवाँ अंग है।

◆ पैर पीछे करके घुटनों के बल बैठें और आगे की ओर झुकें।

◆ दोनों हाथ सीधे अपने सामने फैला लें और फ़र्श पर रखें।

◆ कूल्हों की मांसपेशियों को एड़ी पर दबाएँ और अपनी रीढ़ को लंबा करें।

◆ पसलियों को जाँघों की ओर दबाएँ।

पूर्व दिशा की ओर खिंचाव वाली मुद्रा

आत्मविश्वास

✦ पूर्वोत्तानासन ✦
पूर्व दिशा की ओर खिंचाव वाली मुद्रा

जब किसी में आत्मविश्वास होता है, तो यह उसके हाव-भाव से अपने आप झलकने लगता है। वह पूरी तरह चुस्त और स्वस्थ दिखता है। उसके अस्त-व्यस्त बाल भी बेहतरीन लगते हैं और उसका तनाव से भरा दिन भी शांतिपूर्ण नज़र आता है। आत्मविश्वास बढ़ाने के लिए पूर्वोत्तानासन का इस्तेमाल करें। यह माथे से लेकर पैर की अँगुलियों तक पूरे शरीर को आगे की ओर तानता है। कंधे के जोड़ की गति को बढ़ाने और साहस में वृद्धि करने के लिए कंधों को खींचें। जो भी इस मुद्रा का नियमित अभ्यास करता है उसकी कलाइयाँ और टखने मज़बूत हो जाते हैं। आत्मविश्वास के साथ इस मुद्रा का अभ्यास करें और लोगों में बढ़ती लोकप्रियता का आनंद लें।

- बैठकर पैर सामने फैला लें।
- हथेलियों को कूल्हों के पास रख लें, जबकि अँगुलियाँ आगे की ओर संकेत करती रहें।
- कलाइयों को कंधों की सीध में रखें।
- हथेलियों पर दबाव डालते हुए सीने को ऊपर उठाएँ और पैर की अँगुलियों को फ़र्श से टिकी रहने दें।

एक पैर से वायु मुक्त करने वाली मुद्रा

क़ब्ज़

✦ सुप्त एक पाद पवनमुक्तासन ✦
एक पैर से वायु मुक्त करने वाली मुद्रा

क़ब्ज़ बहुत कष्टकारी स्थिति के लिए काफ़ी विनम्रता भरा शब्द है। अपने भोजन में फ़ाइबर या रेशे की मात्रा बढ़ाना पेट को राहत देने वाला सही क़दम है। अपच में अक्सर वायु का प्रकोप भी देखा जाता है। ऐसे में वायु निष्कासन के लिए लोग एकांत के कोने तलाशते हैं। *सुप्त एक पाद पवनमुक्तासन* पाचन को सही रखने और विषैले पदार्थों को निकालने में मदद करता है। इस मुद्रा के नियमित अभ्यास से अनचाही गैस या पेट के कष्ट से राहत मिल सकती है।

- फ़र्श पर लेट जाएँ और दाएँ घुटने को सीने की ओर लाएँ।
- अपने बाएँ पैर को नीचे दबाएँ और कूल्हों की मांसपेशियों को फ़र्श पर टिकाए रखें।
- अपने दाएँ घुटने के ठीक सामने अपने हाथ की अँगुलियों को आपस में गूँथ लें।
- रीढ़ को गोलाकार करते हुए सीने को ऊपर उठाएँ और नाक से घुटना छुएँ।

अर्ध नर्तक मुद्रा

रचनात्मकता

✦ अर्ध नटराजासन ✦

अर्ध नर्तक मुद्रा

अगर आप बार–बार यह भविष्यवाणी कर सकें कि कोई इंसान क्या कहने वाला है, तो ज़िंदगी ज़्यादा मज़ेदार नहीं रहती है। विविधता के लिए रचनात्मकता की दरकार होती है। रचनात्मक बनने से व्यक्ति जीवंत अनुभव करता है। रचनात्मकता को तीक्ष्ण बनाने के लिए *अर्ध नटराजासन* का इस्तेमाल करें। कुछ अभ्यासियों ने इस खड़ी धनुष मुद्रा को झुके धनुष, मुड़े धनुष और संयोग से अपनी कोहनी के बल गिरने में भी बदल लिया है। बाक़ी पाते हैं कि यह मानसिक ऊर्जा और सहजता को प्रेरित करती है। जब आपका हृदय ऊर्जावान बनता है, तो आपका मस्तिष्क सुव्यवस्थित बन सकता है। खड़ा धनुष बनाकर अपने जीवन को रंगीन बनाएँ।

- दाएँ पैर पर खड़े हों और बाएँ पैर को पीछे ले जाएँ।

- अपने बाएँ पैर को घुटने से मोड़ें और टखने के ऊपरी हिस्से को बाएँ हाथ से जकड़ लें।

- अपने शरीर के ऊपरी हिस्से को आगे की ओर झुकाएँ, सीने को ऊपर उठाएँ और संतुलन बनाते समय पीठ को तानें।

- अपने दाएँ हाथ को आगे और ऊपर की ओर तानें, जबकि बाएँ पैर को पीछे की ओर तानकर उठाएँ।

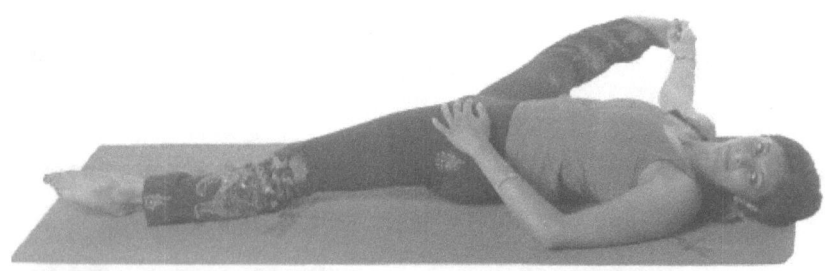

लेटकर हाथ से पैर का अँगूठा छूने की मुद्रा

डेटिंग

✦ सुप्त पादांगुष्ठासन (बी) ✦

लेटकर हाथ से पैर का अँगूठा छूने की मुद्रा

जो लोग डेटिंग करना चाहते हैं, उन्हें हर समय यह आसन नहीं करना है। बहरहाल, अंतरंग संबंधों के बारे में आंतरिक ज्ञान हासिल करने के लिए *सुप्त पादांगुष्ठासन (बी)* का अभ्यास करें। वैसे डेटिंग का संबंध भावनाओं और व्यक्तिगत परिप्रेक्ष्यों के संपर्क में रहने से है। शरीर की विशिष्ट मुद्राएँ आपके भावों, अनुभूतियों या ऊर्जा की रुकावटों या अवरोधों को हटाने में मदद कर सकती हैं। आपके कूल्हों, पेडू और अंदरूनी जाँघों द्वारा निर्मित स्थान अंतरंग रिश्तों से संबंधित संदेश प्रकट कर सकता है। शायद शरीर आत्मरक्षा, दूसरों के मूल्यांकनों या स्वास्थ्य जोखिमों के वशीभूत होकर संपर्क का प्रतिरोध करता है। दायाँ हिस्सा पुरुष ऊर्जा और देने का प्रतिनिधित्व करता है, जबकि बायाँ हिस्सा नारी ऊर्जा और लेने से संबद्ध है। इस आसन से दोनों ऊर्जाएँ संतुलित हो सकती हैं, जैसा कि आदर्श जोड़ियों में होता है।

- पीठ के बल लेटकर दोनों पैर मिला लें।
- अपने दाएँ पैर को ऊपर उठाएँ और ऊपरी शरीर की ओर अंदर खींचें।
- बाएँ पैर को फ़र्श पर टिकाए रखें।
- दाएँ हाथ से दाएँ पैर के अँगूठे को पकड़कर दाहिनी तरफ़ बग़ल में तानें।

कूदते वानर की मुद्रा

अवसाद

✦ आंजनेयासन ✦
कूदते वानर की मुद्रा

चॉकलेट ही दुःख का इकलौता इलाज नहीं है। कम कैलोरियाँ वाले ऐसे कई उपचार हैं, जिनमें कुछ भी ख़रीदने की ज़रूरत नहीं पड़ती। लगातार दुःख का मतलब है कि आपको कोई *आसन* करना है और फिर उससे आगे बढ़ना है, सबसे बढ़कर तब जब आप इसे नहीं करना चाहते। कोई भी पीछे की ओर, खड़ी या मोड़ने वाली शारीरिक गतिविधि डिप्रेशन या अवसाद को दूर करने में सहायक होती है। *आंजनेयासन* ऐसा ही आसन है, जिसे करने से मनोबल बढ़ता है। ऊपर और बाहर की ओर चाप बनाने से स्फूर्तिदायक श्वास उत्पन्न होती है। जब आप इस मुद्रा में रहते हैं और इसे मुक्त करते हैं, तो रीढ़ में ऊर्जा का प्रवाह होने लगता है। इस मुद्रा को दोहराने से हर बार एंडॉर्फ़िन्स नामक ख़ुशी के रसायनों में वृद्धि होती है। अपनी लगन के लाभों का आनंद लें। इस आसन को करने के बाद अपने इस निर्णय पर ख़ुश होंगे कि आपने इसे किया।

- ◆ खड़े हों और अपना दायाँ पैर तीन फुट सामने रखें।

- ◆ दाएँ घुटने को नब्बे डिग्री पर मोड़ें।

- ◆ बाएँ पैर को सीधे पीछे की ओर ले जाएँ और बायाँ घुटना फ़र्श पर टिका लें।

- ◆ अपने हाथ सामने वाले पैर की ओर ले जाएँ और अँगुलियाँ फ़र्श पर टिका लें।

- ◆ कमर के ऊपरी हिस्से को झुकाएँ और आगे की ओर हल्का सा झुकें; पूरा वज़न सामने वाले पैर पर टिका होना चाहिए।

मेज़ की मुद्रा

भाग्य

✦ मेज़ की मुद्रा ✦
(कोई संस्कृत नाम नहीं)

जब हम सृष्टि के प्रवाह के सामंजस्य में आ जाते हैं, तब भाग्य प्रकट होता है। जब लोग स्वयं पर विश्वास करने लगते हैं, तो वे अपने भीतर छिपी असीमित शक्ति को जाग्रत कर लेते हैं। सारी कमियाँ, सीमाएँ और बाधाएँ घुलकर दूर हो जाती हैं। उनकी राह जादू के लिए खुल जाती है और चमत्कार दिखाई देने लगते हैं। मेज़ मुद्रा का अभ्यास करके सृष्टि के साथ अपने संपर्क को गहरा करें। शरीर के सामने वाले हिस्से को खोलें और अति संवेदनशीलता का अनुभव करें। इस मुद्रा का अभ्यास करके उन भव्य अनुभवों को स्वीकार करें, जो सृष्टि ने आपके लिए सहेजकर रखे हैं और जो यह आपको देना चाहती है।

- ◆ फ़र्श पर बैठें और हथेलियों को कूल्हे के पास रख लें।

- ◆ दोनों घुटने कूल्हों जितनी चौड़ाई पर दूर-दूर रखें।

- ◆ घुटनों को एड़ियों की सीध में रखें।

- ◆ अपने कूल्हे की हड्डी को ऊपर करते हुए ऊपरी शरीर को छत की ओर उठाएँ।

- ◆ पीछे देखें या यदि गर्दन में तकलीफ़ है, तो आगे देखें।

ऋषि मरीच्य मुद्रा (ए)

डायरिया

✦ मरीच्यासन (ए) ✦

ऋषि मरीच्य मुद्रा (ए)

जब शरीर विषैले व हानिकारक पदार्थों से दो–दो हाथ करने का संकल्प कर लेता है, तो आवश्यकता पड़ने पर वह भारी क़दम उठाने से भी नहीं हिचकता है। डायरिया और इसकी हमजोली उदर–वायु, हानिकारक पदार्थों को बाहर निकालने के प्रयासों में निर्मम और खूँखार होते हैं। इस प्रकार शरीर हानिकारक पदार्थों को तो बाहर निकाल देता है, लेकिन इसके प्रभाव पीड़ित व्यक्ति और आस–पास के लोगों को ज़्यादा पसंद नहीं आते हैं। जब उत्सर्जन तंत्र में कोई गड़बड़ी हो, तो उसे ठीक करना सर्वोच्च प्राथमिकता होती है। हानिकारक पदार्थों को बाहर निकालने में मदद करने के लिए *मरीच्यासन (ए)* का अभ्यास करें। यह पेट की गैस तथा आँतों की परेशानी दूर करता है और इससे पाचन दोबारा सही हो जाता है। बेहतर विकल्प यही है कि आप आँतों के बजाय अपनी मांसपेशियों पर दबाव डालें :

- बैठ जाएँ; बायाँ पैर आगे फैला लें और दायाँ पैर मोड़ें।
- दाएँ पैर की एड़ी को दाएँ पैर की कूल्हे की मांसपेशी की ओर लाएँ।
- बायाँ हाथ पीठ के पीछे रख लें।
- दाएँ हाथ को दाएँ पैर के आगे से निकालकर बाएँ हाथ की तरफ़ ले जाएँ।
- बाईं ओर झुकें और माथे को बाएँ पैर के घुटने पर टिका लें।

अर्ध कमल वाली आगे झुकने की मुद्रा

पाचन

✦ अर्ध बद्ध पद्मोत्तानासन ✦
अर्ध कमल वाली आगे झुकने की मुद्रा

यहाँ एक ऐसी मुद्रा बताई जा रही है, जिसके पाचन संबंधी लाभ उल्लेखनीय हैं। यदि आपका पेट फूलता है और खान-पान गड़बड़ है, तो भोजन को पचाने में पेट की मदद करें; *अर्ध बद्ध पद्मोत्तानासन* करें। इस आसन से पाचन तंत्र मज़बूत होता है और क़ब्ज़ की शिकायत में राहत मिलती है। इससे आँतों को शक्ति मिलती है और संचरण बेहतर होता है। पर्याप्त मात्रा में पानी पीने से भी पाचक एंज़ाइम्स को अच्छी तरह काम करने में मदद मिलती है। कहा जाता है, हम वैसे ही बनते हैं, जैसा हम खाते हैं। स्वस्थ भोजन करें; स्वस्थ रहें।

- सीधे खड़े हों। अपना दायाँ पैर घुटने से मोड़ें। दाएँ पैर के अगले हिस्से को बाएँ पैर पर टिका लें।

- दाएँ पैर की एड़ी को आरामदेह तरीक़े से नाभि के जितने क़रीब खींच सकें, खींच लें।

- मुड़े हुए दाएँ पैर को बाएँ हाथ से पकड़ लें और दायाँ हाथ सीधा ऊपर उठा लें।

- (विकल्प) आगे की ओर झुकें और अपनी दाईं हथेली ज़मीन पर टिका लें।

ऊपर की ओर कोण मुद्रा (बी)

खोज

✦ उपविष्ट कोणासन (बी) ✦

ऊपर की ओर कोण मुद्रा (बी)

योग का आधा आनंद तो यही खोजने में है कि किसी मुद्रा में क्या संभव है। शुरुआत में कोई आसन जितना अधिक साहसिक लगता है, खोज की संभावना भी उतनी ही अधिक होती है। खोज को प्रोत्साहित करने के लिए *उपविष्ट कोणासन (बी)* का अभ्यास करें। कूल्हों का संतुलन बनाते समय कई बार संतुलन बिगड़ भी सकता है या आसन करने का तरीक़ा बदल सकता है या जैसा टिम मिलर कहते हैं, "आपने सही तरीक़े से पूरा नहीं किया।" फ़र्श पर ख़ुद को कैसे झुलाया जाए और दोबारा बैठने वाली मुद्रा में आया जाए, यह पता लगाने में नवाचार सोच की प्रेरणा मिलती है। उल्टी मुद्रा से ऊपर की ओर खींचने की गतिविधि से पेट की चुस्ती बढ़ती है और दिमाग़ ऊर्जावान बनता है।

- बैठें और अपने पैर बाहर की ओर कोण बनाते हुए फैला लें।
- दोनों पैरों के अँगूठों को हाथ की तर्जनी और अँगूठों से पकड़ लें।
- पैर सीधे करें और आराम से जितना तान सकते हों, तान लें।
- पैरों को सिर के ऊपर ले जाएँ और फ़र्श पर टिका दें।
- यदि संभव हो, तो हाथ की अँगुलियों से पैर के अँगूठे अब भी पकड़े रखें। फिर दोबारा सीधे होकर बैठने वाली मुद्रा में आएँ।

कमल मुद्रा

रोग

✦ पद्‌मासन ✦

कमल मुद्रा

जब इंसान की उम्र बढ़ती है तो शरीर की चुस्ती-फुर्ती को बनाए रखना अनिवार्य हो जाता है। निरंतर योगाभ्यास से *पद्‌मासन* जैसे कुछ अधिक चुनौतीपूर्ण आसन भी सिद्ध हो जाते हैं। पद्म का अर्थ है कमल, जो मन, शरीर और आत्मा की शुद्धता का प्रतिनिधित्व करता है। कमल के फूल की जड़ें कीचड़ में होती हैं, लेकिन इसका फूल कीचड़ वाले पानी के ऊपर तैरता है। *पद्‌मासन* को आत्मज्ञान और आत्मबोध से जोड़ा गया है। ध्यान करने के लिए यह एक आदर्श आसन है। आंतरिक सामंजस्य के निर्माण में समय लगाने से शरीर के असंतुलन ठीक हो जाते हैं और रोग न्यूनतम हो जाते हैं। स्वयं के महानतम पहलुओं का विकास करने के लिए इस आसन का अभ्यास करें। यदि पहले कूल्हों को खोलने वाले व्यायाम कर लिए जाएँ, तो इस *आसन* में प्रयुक्त जोड़ ढीले हो जाते हैं।

◆ पालथी मारकर बैठ जाएँ; अपना दायाँ पैर मोड़ें और उसे खींचकर बाएँ पैर के ऊपर रख दें।

◆ धीरे-धीरे अपना बायाँ पैर मोड़ें और उसे खींचकर दाएँ पैर के ऊपर रख लें।

◆ दोनों पैरों की एड़ियों को जाँघ की अस्थि के क़रीब लाएँ और घुटनों को नीचे दबाए रखें।

◆ रीढ़ को तान लें और कंधे ढीले छोड़ दें।

◆ हाथ घुटने पर टिका लें। तर्जनी और अँगूठे को मिलाकर ध्यान मुद्रा में आएँ।

छड़ी की मुद्रा

ध्यान भंग होना

✦ दंडासन ✦

छड़ी की मुद्रा

ध्यान भंग करने वाली चीज़ें – मैं कहाँ थी! – ओह हाँ – *दंडासन* पर थी। ऐसा कोई दिन नहीं होता, जिसमें आपका ध्यान कभी भंग न होता हो। काश! ऐसा हो सके, तो यह स्वर्ग जैसा अनुभव होगा। जब हमारा ध्यान भंग करने वाली चीज़ें नहीं होती हैं, तो हम अपनी इंद्रियों को असीमित क्षमता की दिशा में ले जाते हैं। *दंडासन* इस शक्ति को पाने के लिए उत्कृष्ट आसन है। इस स्थिति में रीढ़ सीधी तनी होती है। इस आसन में एकाग्र ऊर्जा विकसित होती है, जिसका इस्तेमाल किसी भी काम में किया जा सकता है। एकाग्र रहने से इतना अनुशासन हासिल हो जाता है कि स्वादिष्ट व्यंजन भी हमें नहीं ललचा पाएँगे।

- ◆ सीधे बैठें और अपनी रीढ़ को तान लें। पैरों को आगे की ओर फैला लें और सटा लें।

- ◆ नाभि को अंदर की ओर खींचें और पैर फ़र्श पर नीचे दबाएँ।

- ◆ पेडू की मांसपेशियों पर दबाव डालें और ठुड्डी को सीने की ओर रखें।

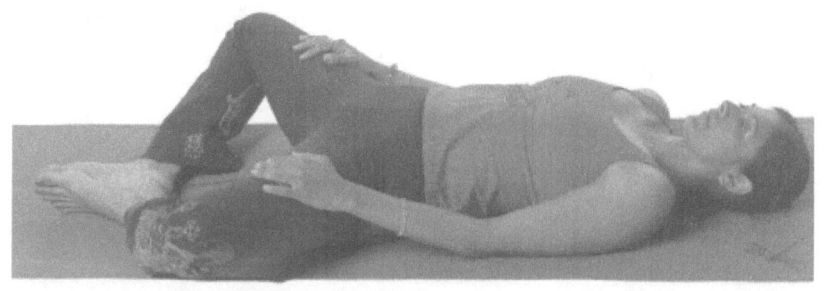

लेटकर की जाने वाली बद्ध कोण मुद्रा

सपने देखना

✦ सुप्त बद्ध कोणासन ✦

लेटकर की जाने वाली बद्ध कोण मुद्रा

स्वप्न देखना कितना अलौकिक अनुभव है। स्वप्न इतने विचलित करने वाले हो सकते हैं कि उन्हें दबाने के लिए लोग दवाएँ खाते हैं। बहरहाल, कुछ सपने इतने मनमोहक भी होते हैं कि हम उन्हीं में बने रहना चाहते हैं और लौटकर अपनी दिनचर्या में नहीं आना चाहते। ऋषि-मुनियों ने कहा है कि हमारे भावनात्मक घाव हमारे सपनों में भरे जा सकते हैं। योगाभ्यास करते समय सपनों की झलकियाँ मिल सकती हैं। शरीर का विशेष कोण से मुड़ना, साँस छोड़ते समय मुक्ति का अहसास या किसी केंद्रीय बिंदु पर नज़रें टिकाना – ये सभी स्वप्नों की याद को ताज़ा कर सकते हैं। एक आसन जो लोगों को उनके सपनों की याद दिलाता है, वह है *सुप्त बद्ध कोणासन*। जब हम स्वप्नों के संदेशों को अपनी चेतना में एकीकृत कर लेते हैं, तो हम नए परिदृश्यों की ओर जाग्रत होते हैं।

◆ फ़र्श पर पीठ के बल लेट जाएँ।

◆ अपने घुटने मोड़ लें और दोनों पैरों के तलवे एक-दूसरे से सटा लें।

◆ हाथों को शरीर के बग़ल में जाँघों पर रहने दें और आराम करें।

ऋषि मरीच्य मुद्रा (सी)

मद्यपान

✦ मरीच्यासन (सी) ✦

ऋषि मरीच्य मुद्रा (सी)

शराबी लोगों को योग करने की कोशिश करते देखना आनंददायक होता है, ख़ास तौर पर संतुलन की मुद्राओं में। चूँकि शराब इंद्रियों को भोथरा कर देती है इसलिए लोग कई बार नासमझी के काम कर बैठते हैं, जैसे मदहोशी की अवस्था में योग करना। मद्यपान और योग के मिश्रण से योगा फ़्यूज़न में एक नया मोड़ आया है। यह योगा कनफ़्यूज़न की तरह हो गया है। शराब पीने से मनुष्य सपनों के आसमान में भी विचरण कर सकता है और निराशा की गहरी खाइयों में भी गोते लगा सकता है। शराब पीने के बाद सुबह विषैले पदार्थों को बाहर निकालने की ज़रूरत होती है। *मरीच्यासन (सी)* विषैले पदार्थों के उत्सर्जन का एक प्राकृतिक उपाय है। ऐंठने और मोड़ने से विषैले पदार्थों का उत्सर्जन सक्रिय हो जाता है। इसे करना मतली करने और टॉयलेट का फ़्लश चलाने से कहीं ज़्यादा आसान है।

- बैठकर अपना दायाँ पैर घुटने से मोड़ें और बाएँ पैर को सीधा रखें।
- बाएँ हाथ के ऊपरी हिस्से को मुड़े हुए दाएँ पैर के बाहर रखें।
- रीढ़ को घुमाएँ और दाएँ कंधे के ऊपर से देखें।
- वैकल्पिक रूप से, बाएँ हाथ को दाएँ पैर पर बाँधकर अपने हाथ जकड़ लें।

ऊपर की ओर कमल की मुद्रा

प्रयास

✦ ऊर्ध्व पद्मासन ✦

ऊपर की ओर कमल की मुद्रा

इंसान प्रयास करता है, लेकिन प्रयासरहित अवस्था अधिक सुखद होती है। जब आप किसी चीज़ को घटित कराने की कोशिश न करें, बल्कि अपने वास्तविक स्वरूप में रहें, तो चीज़ें बस अपने आप प्रकट होती हैं। दूसरों की राय सुनने या लोगों की ख़ुशामद करने में लगे रहने से अक्सर विपरीत परिणाम मिलते हैं। प्रयास के साथ काम करने का सबसे अच्छा तरीक़ा यह है कि किसी भी प्रकार की इच्छाओं को स्वीकार कर लें। फिर बस सृष्टि पर विश्वास करें, यह आपकी इच्छाओं को साकार करने की योजना बना लेगी। प्रयासरहित बनने के लिए *ऊर्ध्व पद्मासन* का अभ्यास करें। ऊपर से नीचे कमल मुद्रा में पैरों को मोड़ने के लिए अभ्यासी को हस्तक्षेप न्यूनतम करने होते हैं और बस "मुद्रा" में रहना भर होता है।

- फ़र्श पर लेटें, अपनी पीठ को टिका लें।
- पैरों को ऊपर उछालें और शरीर का वज़न पीठ के ऊपरी हिस्से पर साधें।
- घुटने को मोड़ते हुए दाएँ पैर की एड़ी को बाईं जाँघ के अंदरूनी हिस्से पर रख लें।
- घुटने को मोड़ते हुए बाएँ पैर की एड़ी को दाईं जाँघ के अंदरूनी हिस्से पर रख लें।
- हाथों को ऊपर की ओर फैलाएँ, घुटने उठाएँ और हथेलियाँ घुटनों पर रखें।

बग़ल की त्रिकोण मुद्रा

विस्तार

✦ उत्थित त्रिकोणासन ✦
बग़ल की त्रिकोण मुद्रा

विस्तार से शरीर में लचीलापन बढ़ता है। *उत्थित त्रिकोणासन* शरीर के बग़ल वाले हिस्सों की लंबाई बढ़ाता है और पुट्ठों में गति के दायरे को बढ़ाता है। यह मुद्रा एक प्रकार से तिरछे उड़ने की नक़ल है, जबकि लंगर ज़मीन पर टिका रहता है। शरीर में ऊर्जा का प्रवाह होता है, जिससे आनंद और मुक्ति का अहसास तुरंत उत्पन्न हो सकता है। जब आप शरीर का विस्तार करते हैं, तो मस्तिष्क भी अपने आरामदेह दायरे के पार खिंचता है और नए विचारों तथा संभावनाओं का स्वागत करता है।

- खड़े होकर दोनों पैर एक–दूसरे से कुछ फुट की दूरी पर रखें।
- अपने बाएँ पैर को ज़रा सा पीछे करें और अँगुलियों को थोड़ा सा आगे की तरफ़ करें।
- दायाँ पैर सीधा रखें और अँगुलियों का संकेत सामने की ओर रहे।
- अब टेलबोन को नीचे दबाएँ अपने पेट और पसलियों को उठाएँ।
- पसलियों के पंजर को दाईं ओर ले जाएँ और अपने दाएँ हाथ को दाएँ पैर के अँगूठे की ओर ले जाएँ।
- तर्जनी और अँगूठे से पैर का अँगूठा पकड़ लें। आवश्यकतानुसार घुटने को मोड़ लें।

उल्टी छड़ी की मुद्रा

आस्था

✦ विपरीत दंडासन ✦
उल्टी छड़ी की मुद्रा

आस्था के बिना जीवन जीना किसी पहाड़ी पर चढ़ने जैसा है, जहाँ ढलान का कोई नामोनिशान न हो। दूसरी ओर, निरंतर आस्था के साथ जीवन जीना स्टियरिंग वील पर बैठकर एक्सिलरेटर दबाने जैसा है। इसके बाद अतार्किक नज़र आने वाली सृष्टि में रहस्यमय बुद्धिमानी नज़र आती है। जब जीवन अन्यायपूर्ण नज़र आता है, तब इसे सहन करने के लिए आस्था की ज़रूरत होती है। हम हृदय से जीने के लिए ख़ुद को जितना अधिक तैयार करते हैं, आस्था उतनी ही अधिक आसान बन जाती है। जब हम अपने हृदय की परवाह करते हैं, तो यह अधिक वफ़ादारी के साथ हमारी सेवा करता है। सीने को चौड़ा करने और हृदय को ऊर्जा देने के लिए *विपरीत दंडासन* करें। "आस्था हृदय में एक नख़लिस्तान है, जहाँ सोच के कारवाँ से कभी नहीं पहुँचा जा सकता।" –ख़लील जिब्रान

- ◆ लेट जाएँ, अपनी पीठ ज़मीन पर टिकी रहने दें और घुटने मोड़ लें।

- ◆ साँस अंदर खींचते हुए दोनों हाथ ऊपर उठा लें। अपनी हथेलियाँ कंधों के नीचे रख लें।

- ◆ अपने ऊपरी शरीर को पीछे की ओर मुड़े रहने की मुद्रा में ऊपर उठाएँ।

- ◆ अपने हाथों की कोहनियों तक के हिस्से को ज़मीन पर रखें। सिर को फ़र्श पर नीचे रखें और इसी मुद्रा में विश्राम करें।

ऊपर की ओर कोण मुद्रा

डर

✦ उपविष्ट कोणासन (ए) ✦
ऊपर की ओर कोण मुद्रा

डर विकास का संकेत भी हो सकता है और अवनति का भी। यह इस बात पर निर्भर करता है कि आप इसका कैसा इस्तेमाल करते हैं। जब आप डर को लेकर जागरूक हो जाते हैं, तो शत्रु नज़र आने वाला भी मित्र बन सकता है। डर की उपस्थिति को स्वीकार करके आप इसे प्रेरणा में बदल सकते हैं। डर का रचनात्मक प्रबंधन करने के लिए *उपविष्ट कोणासन (ए)* का अभ्यास करें। विचारों और भावों पर ग़ौर करते हुए साँस लें। शरीर की मुद्रा में परिवर्तन करने की इच्छा उठ सकती है। इस दौरान मुद्रा की सुरक्षा के बारे में चिंता हो सकती है, अधिक नियंत्रण लेने की ज़रूरत महसूस हो सकती है या भागने का भी मन हो सकता है। आपके ठीक सामने मौजूद किसी व्यक्ति के साथ इस मुद्रा का अभ्यास करना ज्ञानवर्धक जानकारी हासिल करने का एक और तरीक़ा है। मशहूर योगाचार्य श्री युक्तेश्वर ने कहा है, "डर की आँखों में आँखें डालकर देखें; इसके बाद यह आपको सताना छोड़ देगा।"

- बैठ जाएँ और पैरों को पैंतालीस डिग्री के कोण पर फैला लें।

- घुटने मोड़ें और तर्जनी तथा अँगूठों से अपने पैरों के अँगूठे पकड़ लें।

- पीछे की ओर झुकें, अपना सीना ऊपर उठाएँ और पैरों को छत की ओर ऊपर तान लें।

- कूल्हों की मांसपेशियों पर संतुलन स्थापित करें और अपनी निगाह ऊपर रखें।

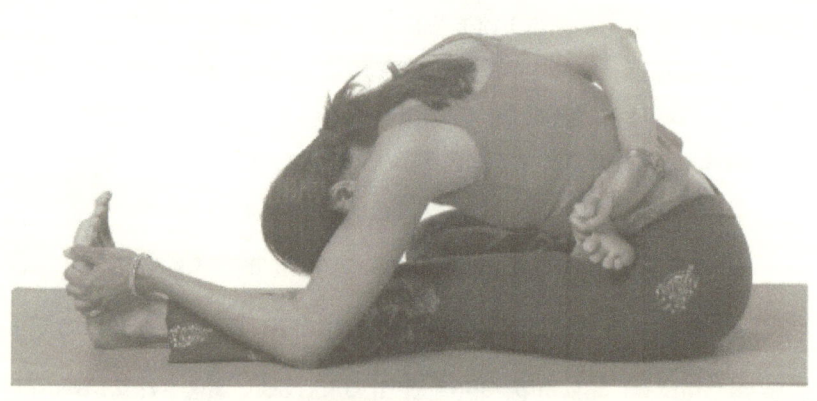

पश्चिम की ओर अर्ध कमल की मुद्रा

लचीलापन

✧ अर्ध पद्म पश्चिमोत्तानासन ✧

पश्चिम की ओर अर्ध कमल की मुद्रा

अधिकतर लोग योग के बारे में सुनते ही बोल पड़ते हैं, "मैं उतना लचीला नहीं हूँ।" बहरहाल, योगाभ्यास करने का केवल यही लाभ नहीं है कि इससे गति का दायरा बढ़ता है। इससे और भी बहुत कुछ मिलता है। दरअसल, योग करने की इच्छा लचीलापन हासिल करने की दिशा में पहला क़दम है। लगातार अभ्यास से रीढ़ में लचीलापन आता है, जिससे मानसिक, भावनात्मक और शारीरिक क्षमता में वृद्धि होती है। लचीलापन का अर्थ आसानी से प्रवाह के साथ बहना और अपने शरीर की सीमाओं को स्वीकार करना भी है। *अर्ध पद्म पश्चिमोत्तानासन* घुटनों के पीछे की नसों और कूल्हों के लचीलेपन को बढ़ाता है। यह पेट की मालिश करता है, पैरों को लय में लाता है और पूरे शरीर की कंडिशनिंग करता है। ख़ुद को थोड़ा कष्ट दें और ढेर सारे लाभ हासिल करें!

- बैठ जाएँ और अपने पैर अपने सामने सीधे फैला लें।
- दायाँ पैर मोड़ें और दाईं एड़ी को बाईं जाँघ पर नाभि के क़रीब रख लें।
- आगे की ओर झुकें और दायाँ हाथ पीछे से ले जाकर दाएँ पैर के अँगूठे को पकड़ लें।
- अपना बायाँ हाथ बाएँ पैर की अँगुलियों की ओर बढ़ाएँ।
- ऊपरी शरीर को सामने फैले बाएँ पैर की ओर झुकाएँ और सिर से घुटना छूने की कोशिश करें।

कुर्सी वाली मुद्रा

ध्यान केंद्रित करना

✦ उत्कटासन ✦
कुर्सी वाली मुद्रा

जब हम किसी चीज़ या व्यक्ति की ओर आकर्षित होते हैं तो हमारा ध्यान अपने आप उस पर केंद्रित हो जाता है। केंद्रित ऊर्जा शक्तिशाली होती है और इससे कायाकल्प तक हो जाता है। जब कोई विद्यार्थी किसी मुद्रा के दौरान एक ख़ास जगह पर निगाह टिकाता हो, तो पूरे शरीर में अपने आप सामंजस्य आ जाता है। संस्कृत में दृष्टि का अर्थ टकटकी लगाकर देखना होता है। इसका उद्देश्य एकाग्रता विकसित करने के लिए किसी एक बिंदु पर ध्यान को केंद्रित करना होता है। जब किसी का ध्यान पूर्ण समर्पण के साथ किसी चीज़ की ओर खिंचता है, तो सृष्टि उस इरादे को साकार करने के क़दम उठाती है। आप जहाँ देखते हैं, उसी ओर जाते हैं। यदि आप नीचे देखते हैं, तो आप नीचे जाएँगे। आगे देखते हैं, तो आगे जाएँगे। यह योगाभ्यास के मामले में भी सही है और जीवन के मामले में भी।

- खड़े होकर अपने कूल्हों को पीछे की ओर ले जाएँ और घुटने नब्बे डिग्री पर मोड़ लें।

- टेलबोन को दबाएँ; नाभि को पीछे रीढ़ की ओर खींचें।

- शरीर का वज़न एड़ियों पर केंद्रित रखें और पैर की अँगुलियों को आराम दें।

- साँस अंदर खींचें और हाथों को सिर के ऊपर ले जाते हुए दोनों हथेलियों को नमस्कार की मुद्रा में मिला लें।

योद्धा मुद्रा (बी)

मित्रता

✦ वीरभद्रासन (बी) ✦

योद्धा मुद्रा (बी)

जो भी ऑर्गैनिक डार्क चॉकलेट का चेरी के साथ आनंद लेता है, उसके अच्छे मित्र होने की अच्छी संभावना है। जो लोग अपनी डार्क चॉकलेट एक–दूसरे के साथ मिलकर खाते हैं, वे सबसे अच्छे मित्र हो सकते हैं। दौलत के सभी रूपों में मित्रता बहुत मूल्यवान है। मित्रता वह वास्तविक बंधन है जो हम अपने और दूसरों के साथ स्थापित करते हैं। जब भी हम एकीकृत होते हैं, सारी ऊर्जा एकत्रित हो जाती है और हम एकल चेतना के रूप में प्रवाहित होते हैं। *वीरभद्रासन (बी)* में हम मन, शरीर और आत्मा को एक शक्ति में एकीकृत कर लेते हैं, जो हमारे सबसे अच्छे मित्र के रूप में कार्य करती है। यह आसन नियमित करने पर आप मित्रों को आकर्षित करने के लिए नहीं जूझेंगे। इसके बजाय, हो सकता है कि वे आपको लेकर जूझ रहे हों।

- अपने पैरों को एक–दूसरे से तीन फुट की दूरी पर फैलाकर खड़े हों।
- बाएँ पैर को पीछे की ओर तानें और बाएँ पैर की अँगुलियों को सामने वाले पैर की दिशा में थोड़ा सा मोड़ लें।
- दाएँ पैर के घुटने को नब्बे डिग्री झुकाएँ और धड़ को थोड़ा तिरछा मोड़ लें।
- टेलबोन को नीचे दबाएँ और पेट के निचले हिस्से तथा सीने को ऊपर की ओर खींचें।
- हाथों को उठाकर शरीर से दूर ले जाएँ और फ़र्श के समानांतर तान लें।

आठ बिंदुओं वाली नमस्कार की मुद्रा

देना

✦ अष्टांग नमस्कार ✦

आठ बिंदुओं वाली नमस्कार की मुद्रा

कोई चीज़ देते समय मन सोच सकता है, "इसमें मेरे लिए क्या है?" दिल की गहराई में ऐसे सवाल के जवाब की ज़रूरत ही नहीं होती। हृदय से सेवा करना इंसान के अहं की शुद्धि है। ऐसी स्थिति में समय प्रकट होता है, ऊर्जा ऊपर उठती है और निःस्वार्थता मज़बूत होती है। *अष्टांग नमस्कार* करने से इंसान में देने की प्रवृत्ति अधिक बलवती होती है। यह आसन खुलेपन और सीने की शक्ति को बढ़ाता है। यह पैरों और हाथों की मांसपेशियों को फुर्तीला भी बनाता है। जब सीना चौड़ा होता है, तो प्रेम की ऊर्जा खुलकर प्रवाहित होती है। खुद को इस मुद्रा का उपहार दें।

- हथेलियों को कंधों जितनी दूरी पर रखें और घुटनों को फ़र्श पर टिकाएँ।
- आगे की ओर झुकें, कूल्हे ऊपर उठाएँ और सीने को नीचे झुकाते हुए ठुड्डी को फ़र्श पर रखें।
- सीने को फ़र्श पर दबाएँ और अपनी रीढ़ से चाप बनाएँ।
- कुछ पलों के लिए साँस रोकें। फिर ऊपर की ओर श्वान या कोबरा मुद्रा में आ जाएँ।

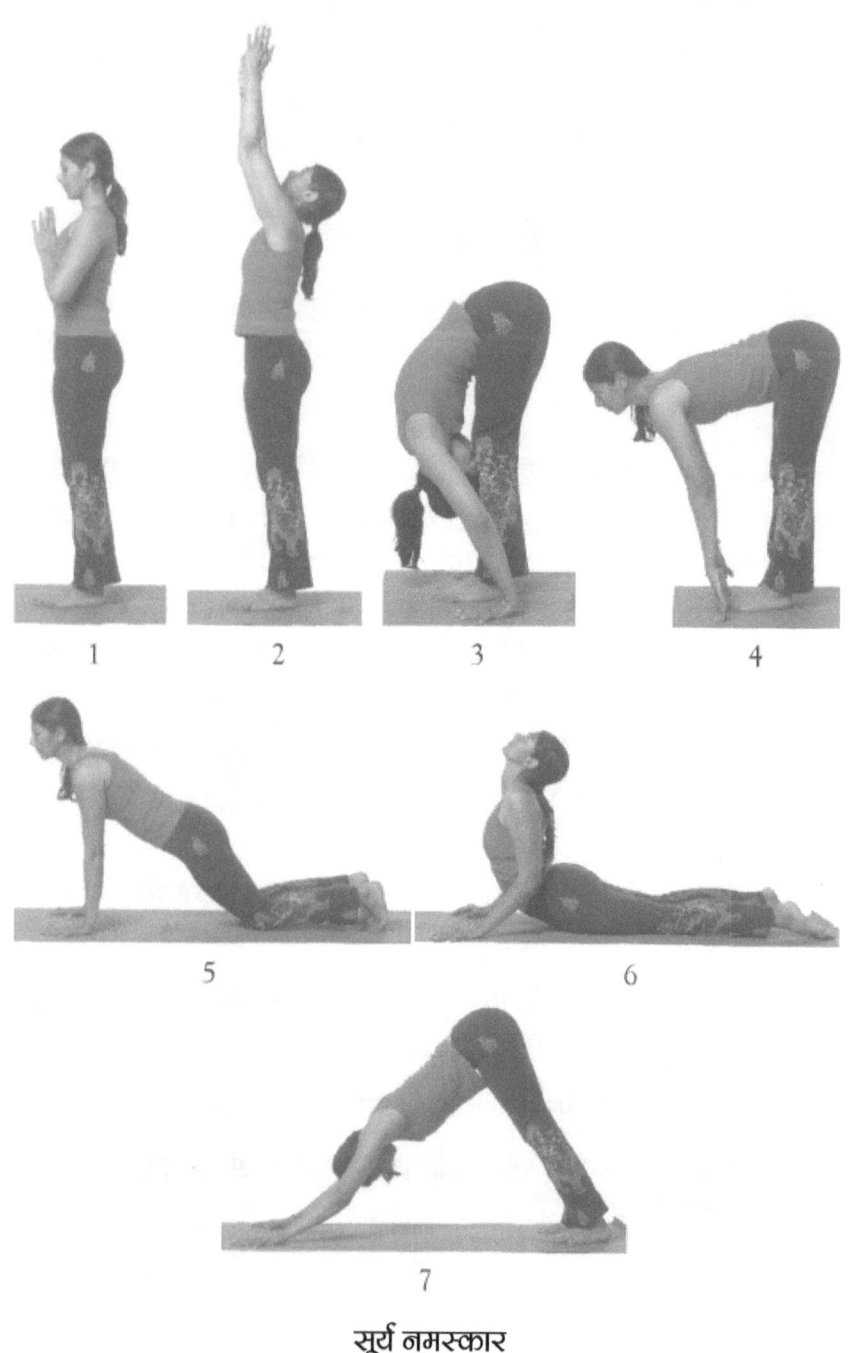

1

2

3

4

5

6

7

सूर्य नमस्कार

कृपा

✦ सूर्य नमस्कार ✦

यह एक रोचक बात है कि जिस भी दिन योग का अभ्यास किया जाता है, वह ज़्यादा अच्छी तरह गुज़रता है। जब हम शक्ति लगाना छोड़ देते हैं और यूँ ही प्रवाह के साथ बहने लगते हैं, तो हमारे जीवन में सृष्टि की कृपा सक्रिय हो जाती है। वैसे हो सकता है कि हमें यह अहसास करने में समय लग जाए कि वैश्विक ऊर्जा के प्रवाह के साथ बहना इसका प्रतिरोध करने से कहीं अधिक श्रेष्ठ होता है। पारंपरिक योग कक्षाएँ प्रायः सूर्य नमस्कार से शुरू होती हैं, जिसमें पूर्व की ओर मुख करके सूर्यदेव की आराधना की जाती है। इस तरह से सृष्टि का आदर करके हम अपने जीवन में इसकी शक्ति को आमंत्रित करते हैं और कृपा के प्रवाह को बढ़ाते हैं।

◆ खड़े होकर साँस अंदर खींचें और हाथ ऊपर उठाएँ। साँस छोड़ें और नीचे की ओर झुकें।

◆ सिर को पैर के अँगूठों की ओर लाएँ। साँस खींचें और अपनी रीढ़ को लंबा करते हुए उठाएँ।

◆ साँस छोड़ते हुए पैरों को पीछे की ओर फैला लें। आड़ी मुद्रा से नीचे की ओर झुकें।

◆ साँस लें और पीठ के ऊपरी हिस्से को तान लें; सीना और सिर ऊपर की ओर ले जाएँ।

◆ साँस छोड़ें, रीढ़ को लंबा करें और हथेलियों तथा एड़ियों को फ़र्श पर दबा लें।

ऊपरी शरीर को पीछे की ओर झुकाने वाली मुद्रा

कृतज्ञता

✦ ऊपरी शरीर को पीछे की ओर झुकाने वाली मुद्रा ✦
(कोई संस्कृत नाम नहीं)

"धन्यवाद" सुनने भर से मनोबल बढ़ जाता है। कृतज्ञता के साथ स्वीकृति आती है, यहाँ तक कि सराहना भी कि सब कुछ कितनी अच्छी तरह हो रहा है। संतुष्टि का अहसास हृदय और शरीर की सभी कोशिकाओं को पोषण देता है। कृतज्ञता नियामतों को हमारी दिशा में लाती है और नकारात्मकता को नष्ट करती है। यह एक संक्रामक कंपन है। लोग कृतज्ञ और प्रशंसक लोगों का समर्थन करना पसंद करते हैं। ऊपरी शरीर को पीछे की ओर झुकाने से हमारे अस्तित्व में प्रकाश आ जाता है। खड़ी मुद्रा में पीछे की ओर झुककर हम कृतज्ञता को अपनी ओर आमंत्रित करते हैं। सीना चौड़ा होकर खुलता है, जिससे हृदय संतुष्टि में विस्तार कर सकता है। सारा तनाव घुल जाता है और कृतज्ञता के लिए स्थान बन जाता है।

◆ पैर सटाकर खड़े हों और हाथों को सिर के ऊपर उठाएँ।

◆ अपनी हथेलियाँ मिला लें। ऊपर और पीछे की ओर देखें।

◆ पैरों को फ़र्श पर जमा लें और घुटने ऊपर उठाएँ।

◆ अपने हाथों को यथासंभव अधिकतम पीछे ले जाएँ।

◆ अपने सिर को हल्का सा पीछे झुकने दें और सीने से साँस लें।

सिंह मुद्रा

प्रसन्नता

✦ सिंहासन ✦

सिंह मुद्रा

ख़ुशी वर्तमान पल में पूरी तरह मौजूद रहकर ही महसूस की जा सकती है। जब हम भावनात्मक ऊर्जा को मुक्त करते हैं, तो तंत्रिकाओं के मार्ग साफ़ हो जाते हैं, जिससे हम आनंद का अनुभव करते हैं। *सिंहासन* संगृहीत भावनात्मक ऊर्जा को गहनता से मुक्त करने वाला योगासन है। यह ख़ास तौर पर सीने की भीतरी सफ़ाई में मदद करती है। जैसे शेर की दहाड़ से सभी दूर भाग जाते हैं, उसी तरह सिंहासन करने से नाक, कान, गले, मुँह और आँखों के रोग भी दूर रहते हैं। चरम सुख तब प्राप्त होता है, जब व्यक्ति आत्मबोध तक पहुँच जाता है और सारी चीज़ों के साथ एकाकार हो जाता है। इसे *समाधि* कहा जाता है, जो *अष्टांग* योग का आठवाँ अंग है। आप भी शेर की तरह दहाड़कर प्रसन्नता के मार्ग तक पहुँचें।

- अपने घुटने फ़र्श पर टिकाएँ।
- हथेलियों को घुटनों के बीच रखें। अँगुलियों का संकेत शरीर की ओर होना चाहिए।
- आगे झुकें और हाथ सीधे रखकर शरीर को सहारा दें।
- पीठ को तानें, सिर ऊपर उठाएँ, साँस खींचें और चेहरे की मांसपेशियों को तान लें।
- साँस छोड़ें, मुँह खोलें और जीभ बाहर निकालकर "आआआआह" की गर्जना करें।

हल की मुद्रा

सिरदर्द

❖ हलासन ❖
हल की मुद्रा

अक्सर सिर में दर्द होने लगता है और तुरंत उपचार की ज़रूरत होती है। जब मस्तिष्क पर दबाव कम होता है, तो आराम महसूस होता है। हलासन से मस्तिष्क को राहत मिलती है। हाथ-पैरों को विपरीत दिशा में तानने से रीढ़ पूरी तरह तन जाती है। इससे तनाव में राहत मिलती है, साथ ही कंधे और पीठ की जकड़न भी कम हो जाती है। यह आसन करते समय आरामदेह संगीत सुनना अच्छा रहता है। कुछ मिनट तक इस मुद्रा में रहने से नींद भी आ सकती है। परिणाम है आराम। सिर दर्द ग़ायब होता है और शांति का आभास होता है। हलासन की मुद्रा सर्वांगासन से किया गया परिवर्तन है।

◆ फ़र्श पर लेट जाएँ और दोनों पैरों को तानकर सिर के ऊपर ले जाएँ।

◆ रीढ़ को गोल करते हुए पीठ के ऊपरी हिस्से पर आराम करें।

◆ पैरों को आराम से रखते हुए यथासंभव सीधा कर लें और पैर के अँगूठे फ़र्श पर टिका लें।

◆ हथेलियाँ फ़र्श पर नीचे रख लें या अँगुलियाँ पीठ के पीछे गूँथ लें।

योद्धा की मुद्रा (ए)

स्वास्थ्य

✦ वीरभद्रासन (ए) ✦
योद्धा की मुद्रा (ए)

वीरभद्रासन (ए) ऐसा आसन है, जिससे अच्छी सेहत मिलना सुनिश्चित होता है। इस आसन से आप सभी स्तरों पर शक्ति महसूस कर सकते हैं। एक दृढ़ मुद्रा पैरों की मांसपेशीय ऊर्जा गिरने से रोकती है। आसन के दौरान हाथ की मांसपेशियों को फड़फड़ाने के बजाय तानें। टेलबोन को नीचे दबाएँ और पेट की मांसपेशियों को संकुचित करते हुए धड़ को चुस्त रखें। इस आसन से शरीर को शक्ति मिलती है, ऊर्जा का संचार होता है और मानसिक राहत मिलती है। योद्धा के रूप में अपनी कल्पना करके अपने मनोबल को मज़बूत करें। योद्धा का स्वभाव होता है कि वह चिंताओं पर ध्यान केंद्रित नहीं करता है।

- अपना दायाँ पैर बाएँ पैर से कुछ फुट दूर रख लें।
- अपने बाएँ पैर को पीछे तिरछा फैलाएँ और दाएँ पैर को नब्बे डिग्री पर झुका लें।
- टेलबोन को नीचे दबाएँ और अपने निचले ऐब्स तथा पसलियों को ऊपर उठाएँ।
- कूल्हे सीधे आगे लाएँ और कंधों को कूल्हों की सीध में ऊपर रखें।
- हथेलियाँ मिला लें और ऊपर अपने अँगूठों की ओर देखें।

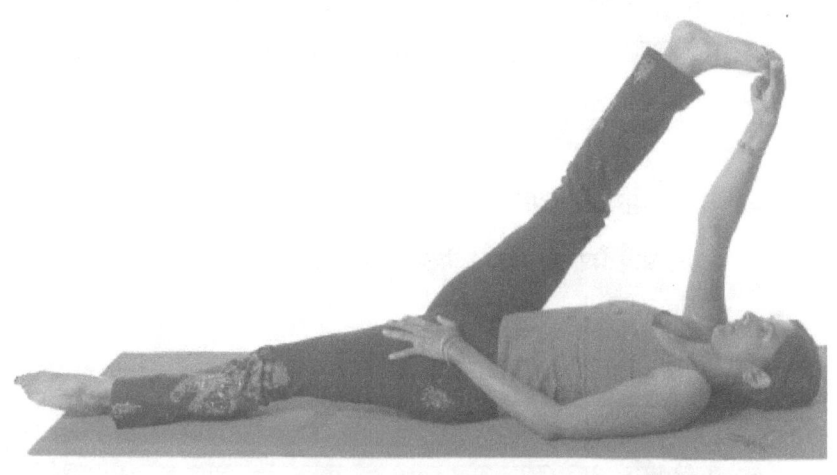

लेटकर पैर व अँगूठे की मुद्रा

स्वस्थ हैमस्ट्रिंग्स

✦ सुप्त पादांगुष्ठासन (ए) ✦

लेटकर पैर व अँगूठे की मुद्रा

पैरों में जकड़न से आपका दिन ख़राब हो सकता है। हैमस्ट्रिंग्स (घुटनों के पीछे की नसें) को दुरुस्त करके पैरों की अकड़न कम की जा सकती है। सख़्त हैमस्ट्रिंग्स वाले लोगों को योग भयावह लग सकता है या वे सोच सकते हैं कि उनका शरीर योगाभ्यास के लिए उपयुक्त नहीं है। हालाँकि, अँगूठे छूना योग की अनिवार्य आवश्यकता नहीं है। जब हैमस्ट्रिंग्स लचीली होती हैं, तो कमर के निचले हिस्से का तनाव कम होता है और साइटिका का जोखिम भी कम हो जाता है। *सुप्त पादांगुष्ठासन (ए)* करने से पैर दोबारा युवा हो जाते हैं और घुटने मज़बूत होते हैं। इससे कमर, कूल्हों, जाँघों और पिंडलियों का भी व्यायाम होता है। कूल्हे की अस्थि का सामंजस्य सही होता है, जिससे पूरे शरीर की मुद्रा बेहतर हो जाती है। जब पैर चुस्त और मज़बूत बनते हैं, तो हर दिन उत्साह से भर जाता है।

- पीठ के बल लेट जाएँ और अपना दायाँ घुटना सीने की ओर लाएँ।
- फिर दाएँ पैर को ऊपर उठाएँ और बायाँ पैर फ़र्श पर टिकाए रखें।
- दाईं तर्जनी और अँगूठे से दाएँ पैर के अँगूठे को पकड़ें।
- दाएँ पैर को जितना तान सकते हों, तान लें।
- सिर के पीछे वाले हिस्से को फ़र्श पर आराम से रखें।

बैठकर कोण मुद्रा (ए)

स्वस्थ प्रजनन

✦ कोणासन (ए) ✦
बैठकर कोण मुद्रा (ए)

प्रजनन तंत्र का संबंध शरीर के पहले और दूसरे *चक्रों* से है। पहला चक्र है *मूलाधार चक्र*, जो रीढ़ के मूल में होता है। इसका संबंध बचाव, जुड़ाव और अहं के प्रबंधन से होता है। यह किडनी और रीढ़ को संचालित करता है। संतुलित *मूलाधार* पुरुष और नारी ऊर्जाओं का इस्तेमाल करके स्फूर्ति और शक्ति प्रदान करता है। दूसरा चक्र है *स्वाधिष्ठान चक्र*, जो अंतरंग क्षेत्र को संचालित करता है। यह प्रजनन, अंतरंगता, ऊर्जा के प्रवाह और शारीरिक द्रवों के लिए उत्तरदायी होता है। कूल्हों के क्षेत्र को संकुचित करने से *मूल बंध* लग जाता है और ऊर्जा ऊपर की ओर उठती है। *कोणासन (ए)* के अभ्यास से कूल्हों के क्षेत्र में रक्त संचार सही होता है और निचले *चक्र* स्वस्थ होते हैं। मज़बूत नींव से मनुष्य के जीवन में संतुलन आता है।

- ◆ बैठकर अपने पैर ज़्यादा से ज़्यादा तिरछे फैला लें, जितना आरामदेह हो।
- ◆ घुटनों के पिछले हिस्से को फ़र्श पर दबाएँ और हैमस्ट्रिंग मांसपेशियों को लंबा कर लें।
- ◆ रीढ़ तथा सीने को उठाएँ और पीठ को लंबा करें।
- ◆ दाईं ओर मुड़ें और ठुड्डी को घुटने की ओर ले जाएँ।

सिर से एक पैर को छूने वाली मुद्रा

स्वस्थ पेट

✦ त्रिअंग मुखाइकापाद पश्चिमोत्तानासन ✦

सिर से एक पैर को छूने वाली मुद्रा

पार्टियों में ढेर सारा खाना पेट के लिए दुःस्वप्न जैसा होता है। अधिक खाने से शरीर में रोग उत्पन्न हो सकता है और पाचन तंत्र पर दबाव पड़ता है। कुछ लोग इतना ज़्यादा खा लेते हैं कि खुद का नुक़सान कर बैठते हैं! सुडौल पेट में पाश्चात्य जगत की बहुत रुचि है। फ़िटनेस पत्रिकाएँ पेट को चुस्त बनाने पर ज़ोर देती हैं। ऋषि–मुनि भी पेट की सेहत को दीर्घायु, खुशी और मानसिक शांति की बुनियाद मानते थे। आगे की ओर झुकने वाली मुद्राएँ फूले पेट को सही करने और पेट चुस्त रखने में मदद कर सकती हैं। *त्रिअंग मुखाइकापाद पश्चिमोत्तानासन* पेट और उससे जुड़ी समस्याओं के लिए वरदान से कम नहीं है। यह पेट की मांसपेशियों को छरहरा और चुस्त रखता है। इस मुद्रा को ग्रहण करें और इसके लाभों को "पचाएँ"।

- बैठकर अपने बाएँ घुटने को पीछे की ओर मोड़ें और बाईं एड़ी को बाएँ कूल्हे के बग़ल में रखें।
- बाएँ पैर की अँगुलियों का संकेत पीछे की ओर रखें और उन्हें फ़र्श पर टिका लें।
- दाएँ पैर को सामने की ओर फैला लें।
- अपने वज़न को बाएँ पैर पर रखें और शरीर को दाएँ पैर की ओर झुकाएँ।
- रीढ़ को लंबा करें, आगे की ओर झुकें और हाथ आगे करके दाएँ पैर की ओर तानें।

पुल की मुद्रा

हृदय का खुलना

✦ सेतुबंध सर्वांगासन ✦

पुल की मुद्रा

जब पीठ का मुड़ना शुरू होता है, तो निष्क्रियता का अंत हो जाता है। हृदय अपनी पूर्व स्थिति छोड़कर फैलने लगता है। दरअसल, हृदय एक मांसपेशी है और शरीर की अन्य मांसपेशियों की तरह ही यह भी अपनी सच्ची क्षमता तक तब पहुँचता है, जब इस पर उचित ध्यान दिया जाता है और इसे पूरा पोषण मिलता है। थोड़ी मान-मनुहार के बाद कमर के मुड़ने वाले किसी भी आसन में हृदय का खुलना एक आम आदत बन जाती है। ऐसे आसन का अभ्यास करते समय व्यक्ति शक्ति, साहस, ग्रहणशीलता और आत्मविश्वास पर ग़ौर कर सकता है। फूल की पंखुड़ी की तरह इंसान पूरी तरह खुलकर संसार को सौंदर्य प्रदान कर सकता है या फिर अपने बीजों को छिपा रहने दे सकता है। पीछे की ओर झुकें और अपनी पूरी संभावना तक पहुँचकर खुल जाएँ।

- फ़र्श पर लेट जाएँ और घुटने मोड़ लें। घुटनों को एड़ी की सीध में रखें।

- पैरों को कूल्हों जितनी दूरी पर जमा लें और हाथों को पैर के टखनों के आस-पास रखें।

- कंधों को एक-दूसरे की ओर घुमाएँ।

- पीठ ऊपर की ओर तान लें और कूल्हों को छत की ओर उठाएँ।

- नाभि को ऊपर उठाएँ और सीने को ठुड्डी की ओर लाएँ।

रीढ़ मोड़ने की मुद्रा (सी)

उच्च रक्तचाप

✦ जठर परिवृत्तासन (सी) ✦
रीढ़ मोड़ने की मुद्रा (सी)

क्या आप गर्मी में हैं? *जठर परिवृत्तासन सी* से आपको ठंडे बने रहने में मदद मिल सकती है। आनुवंशिकी और जीवनशैली के अंतर की वजह से रक्त चाप में भिन्नता आ सकती है। संतुलित जीवनशैली के अलावा हमारी मानसिकता भी बहुत मायने रखती है। जब रक्तचाप अधिक होता है, तो शांत रहने से यह कम हो जाता है। वहीं उच्च रक्तचाप वाले लोगों के लिए हृदय तक रक्त प्रवाह बढ़ाने वाले आसन करना उचित नहीं होता है। इसके बजाय, उन्हें मानसिक तनाव दूर करने के व्यायाम करने से सकारात्मक परिणाम मिलते हैं। शांत झील की तरह मनुष्य की आंतरिक स्थिरता से शांति आती है।

- ◆ पीठ के बल लेट जाएँ और पैरों को सटाते हुए हाथों को दोनों ओर फैला लें।

- ◆ घुटने मोड़ें और उन्हें सीने की ओर लाएँ।

- ◆ दोनों पैरों को अपने बाईं ओर घुमाएँ, जबकि अपने ऊपरी शरीर को दाईं ओर मोड़ें।

- ◆ पैरों को यथासंभव अधिकतम घुमाएँ और उन्हें एक साथ जोड़े रखें।

माला की मुद्रा

कूल्हों का लचीलापन

✦ मालासन ✦

माला की मुद्रा

अपने कूल्हों की मदद कैसे करें? कूल्हों की मांसपेशियों को तानकर अपने क़दमों में लचक लाएँ। अकड़न से छुटकारा पाएँ और कूल्हों को आगे झुकने से रोकें, ताकि सोअस या इलियाकस मांसपेशियों में कोई दबाव न रहे। अपने कूल्हों को तानकर साइटिका मांसपेशी के दर्द को ख़त्म करें। *मालासन* में पीठ की मांसपेशियों को लंबा करके पीठ के दबाव को राहत दें। यह आसन करने से कूल्हों में गति का संचार होता है, जोड़ों में स्थान बनता है और लिगामेंट्स दुरुस्त होते हैं। कूल्हों के बाहरी घुमाव से जाँघों के जोड़ में ताज़गी आती है और टखनों का लचीलापन बढ़ता है। स्वस्थ कूल्हे स्वस्थ जीवन के लिए अनिवार्य हैं।

- उकडूँ बैठकर पैरों को मज़बूती से फ़र्श पर रख लें। पैर के अँगूठे सामने की ओर संकेत करें।
- घुटनों को बाहर की ओर फैलाएँ और कोहनियाँ अंदरूनी जाँघों पर टिकाएँ।
- हथेलियों को आपस में सीने के केंद्र में दबाएँ।
- यदि घुटनों के दर्द को कम करने की ज़रूरत हो, तो कूल्हों को ज़मीन पर टिका लें।

लेटकर एक पैर की कोण मुद्रा

ईमानदारी

✦ सुप्त एकपाद कोणासन ✦
लेटकर एक पैर की कोण मुद्रा

ईमानदारी से कहें, तो कुशलता से योग करने के लिए अभ्यास की आवश्यकता होती है। आप अपने व्यायाम को जितना देंगे, यह आपको उतना ही ज़्यादा देगा। योगाभ्यास में ख़ुद के साथ ईमानदार होना मूल्यवान है। सुप्त एकपाद कोणासन एक ऐसा आसन है जो निष्पक्षता को मज़बूत बनाता है। अष्टांग योग सत्य यमों (बंधनों) के पहले अंग का पहलू है। इस मुद्रा में समय बिताने से कमर खिंचती है जिससे अधिक खुलापन आता है और आपके शरीर में क्या हो रहा है, उसके प्रति जागरूकता बढ़ती है। यह आसन पुरुष और नारी ऊर्जाओं को संतुलित रखने में भी मदद करता है। ईमानदारी आपके अभ्यास को नए स्तरों तक ऊपर उठा देगी।

◆ पीठ के बल लेट जाएँ और दाएँ पैर को बाईं जाँघ के ऊपरी हिस्से पर दबाएँ।

◆ बाएँ पैर को फ़र्श पर टिकाए रखें और फैला लें, ताकि अँगुलियाँ ऊपर की ओर संकेत करती रहें।

◆ हाथों को सिर के ऊपर ले जाएँ और सिर के पीछे वाले हिस्से के नीचे रख लें।

◆ कूल्हों और आस-पास के क्षेत्र में ऊर्जा के प्रवाह पर ग़ौर करें।

वायु निकालने वाली मुद्रा

आलिंगन

✦ पवन मुक्तासन ✦

वायु निकालने वाली मुद्रा

नियमित रूप से आलिंगन करने से आप दीर्घायु होते हैं! यदि आप दूसरों का आलिंगन नहीं कर सकते, तो कम से कम ख़ुद का तो कर ही लें। योग में *पवन मुक्तासन* ऐसी मुद्रा है जहाँ व्यक्ति घुटनों को बाँहों में लेकर कसकर दबाता है। इससे मलाशय शांत होता है। यह यकृत, आँतों और तिल्ली (स्प्लीन) को सक्रिय करता है। घुटनों को बाँहों में लेने से पोषण का अहसास भी होता है। ख़ुद को प्रेम देकर हम दूसरों को प्रेम देना सीखते हैं। गहन आलिंगन के लिए www.amma.org पर अम्मा के जीवन के बारे में पढ़ें।

- पीठ के बल लेट जाएँ, घुटने मोड़ लें और उन्हें सीने की ओर खींचें।
- अपनी बाँहें घुटनों के चारों ओर लपेट लें और पैरों से सीने को दबाएँ।
- टेलबोन को फ़र्श पर तथा रीढ़ के चारों ओर दबाएँ।
- ठुड्डी और माथे को उठाकर घुटनों की तरफ़ लाएँ।

घूमी हुई अर्ध चंद्र मुद्रा

छवि

✦ परिवृत्त अर्ध चंद्रासन ✦
घूमी हुई अर्ध चंद्र मुद्रा

यदि आप छवियों में खोकर समय बिताते हैं तो यह मुद्रा आपके लिए अनिवार्य है। जब चित्र आंतरिक संतुष्टि से आता है, जिसे *संतोष* कहते हैं (*अष्टांग* का एक *नियम*), तब छवि अपने सर्वश्रेष्ठ रूप में होती है। *परिवृत्त अर्ध चंद्रासन* करके इस बात पर ग़ौर करें कि आप छवि को कितना महत्त्व देते हैं। कुछ लोगों को तो यह आसन अपने पड़ोसियों को लात मारने की प्रेरणा दे सकता है। बहरहाल, इस आसन की कोशिश करते वक़्त हम देख सकते हैं कि हम अच्छा दिखने को कितना महत्त्व देते हैं। संतुलन हासिल करने या न करने से उत्पन्न होने वाले विचारों पर ग़ौर करें। इसके अलावा देखें कि जब आप इस मुद्रा को कर पाते हैं या नहीं कर पाते, तब मन इसका क्या अर्थ लगाता है। इस मुद्रा में रहते समय शर्तरहित स्वीकृति का अभ्यास करें। इससे स्वस्थ शरीर की छवि बनती है।

◆ खड़े रहें, अपने दाएँ पैर को पीछे की ओर ऊपर उठाएँ। अपने बाएँ पैर पर संतुलन साधकर खड़े हों।

◆ आगे की ओर झुकें; अपना दायाँ हाथ फ़र्श पर रखें जो आगे वाले पैर के कुछ इंच आगे होना चाहिए।

◆ सामने वाले पैर की अँगुलियों का संकेत सामने की ओर रखें और पीछे वाले पैर का संकेत पीछे की ओर।

◆ बाएँ हाथ को ऊपर उठाकर छत की ओर सीधा रखें।

◆ एक पैर पर संतुलन बनाते समय गर्दन घुमाएँ और ऊपर की ओर देखें।

कबूतर वाली मुद्रा

कल्पना

✦ राज कपोतासन ✦

कबूतर वाली मुद्रा

कल्पना को जाग्रत करके हम उन झूठी धारणाओं से मुक्त हो सकते हैं जो हम अपने बारे में बना लेते हैं। जब इंसान झूठी धारणाओं से मुक्ति पा लेता है, तो उसे अतुलनीय शक्ति मिलती है। *राज कपोतासन* कल्पना को प्रेरित करता है और मस्तिष्क को शक्ति प्रदान करता है। इसकी कोशिश करने से पहले इस मुद्रा में अपनी काल्पनिक तस्वीर देखना सबसे अच्छा रहता है। कूल्हों को खोलने वाले व्यायाम पहले करने से भी *राज कपोतासन* करने में मदद मिलती है। एक बार इस मुद्रा में आने के बाद आपके सामने असीमित संभावनाएँ खुल जाती हैं। आप जिस बारे में सोचते हैं उसी को अपने वास्तविक जीवन में साकार कर लेते हैं। आप जो कल्पना करते हैं उसके बारे में सचेत रहने से आपको चेतन शक्ति मिलती है। जब आप अपने जीवन को आगे बढ़ाने में सचेतन ऊर्जा का प्रयोग करते हैं, तो आप चाहे जिस चीज़ की कल्पना करें वह आसानी से साकार हो सकती है।

- घुटनों और हथेलियों के बल बैठें।
- अपने दाएँ घुटने को दाईं कलाई के बाहर लाएँ और फ़र्श पर टिका दें।
- बाएँ पैर को पीछे की ओर खिसकाएँ और अपनी दाईं एड़ी से अपनी कूल्हे की अस्थि को दबाएँ।
- बाएँ घुटने को मोड़ें और बायाँ पैर सिर की ओर उठाएँ।
- गर्दन और सिर को अपनी बाईं एड़ी की ओर आरामदेह तरीक़े से अधिकतम तान लें।

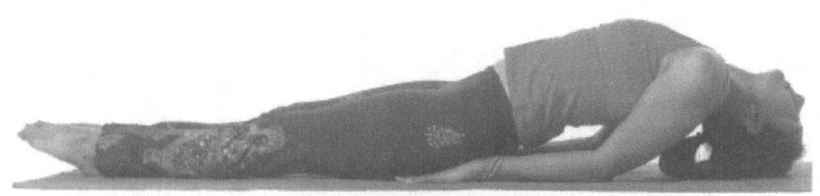

मछली की मुद्रा

प्रतिरक्षण तंत्र

✦ मत्स्यासन ✦
मछली की मुद्रा

आधुनिक युग का जीवन सरल जीवनशैली वाले लोगों के लिए भी जटिल हो गया है। डाक की अवधारणा को ही देख लें। सामान्य डाकघर वाली डाक है, ईमेल है, स्नेल मेल है, हॉटमेल है, वेबमेल है। प्रतिरक्षण तंत्र लगातार यह जाँच कर रहा है कि किसकी ज़रूरत है और किसकी नहीं है। जिस प्रतिरक्षण तंत्र का हर दिन रख-रखाव होता है, वह सर्वश्रेष्ठ हालत में रहेगा। *मत्स्यासन* करना प्रतिरक्षण तंत्र के लिए सुखद होता है। इस मुद्रा में थाइरॉइड ग्रंथि का नियमन होता है और थाइमस ग्रंथि सक्रिय होती है, जिससे लिम्फ़ नोड्स मज़बूत होते हैं। कहा जाता है कि पानी में यह आसन करने से मनुष्य मछली की तरह तैरने में समर्थ हो जाता है। *मत्स्यासन* से पूरा स्वास्थ्य बेहतर होता है। कुछ ही साँसों तक इस आसन में रहने से मनुष्य को प्रचुर लाभ होते हैं। यह मुद्रा प्रायः सर्वांगासन की विपरीत मुद्रा के रूप में की जाती है।

- पीठ के बल लेट जाएँ। हाथों को कूल्हों के नीचे रखें। हथेलियाँ फ़र्श की ओर रहनी चाहिए।

- पैरों को सटा लें और सामने की ओर सीधे फैला लें। पैर की अँगुलियाँ सामने की ओर संकेत करती रहें।

- कोहनियाँ मोड़ लें और फ़र्श पर कूल्हों से सटाकर रखें।

- सीने को उठाएँ, पीठ से चाप बनाएँ और सिर फ़र्श पर टिका लें, जिससे गर्दन को आराम मिले।

नीचे की ओर मुख वाली श्वान मुद्रा

ऊर्जा में वृद्धि

✦ अधोमुख श्वानासन ✦
नीचे की ओर मुख वाली श्वान मुद्रा

प्रत्येक गतिविधि के लिए ऊर्जा की आवश्यकता होती है। ऊर्जा में कमी हो तो काम के प्रदर्शन में भी कमी आ सकती है। लोग ऊर्जा हासिल करने के लिए कॉफ़ी या शकर जैसे तुरत-फुरत उपायों का सहारा लेते हैं। *अधोमुख श्वानासन* से ऊर्जा बढ़ती है और कंधों की जकड़न कम होती है। यह मुद्रा कुत्ते की अँगड़ाई के चित्र की भाँति है। शरीर के मध्य भाग को सीने के कोटर की ओर उठाने से हृदय गति कम करने में मदद मिलती है। खुले ऊर्जा प्रवाह के इस स्थान में व्यक्ति तरोताज़ा हो सकता है। आरामदेह अवस्था में इस मुद्रा में ठहरने से थकान के प्रभाव समाप्त हो जाते हैं। इस मुद्रा में ऊर्जा बढ़ाना अपने जीवन को समृद्ध बनाना है!

- पेट के बल आराम से लेटें और हाथों को कंधों के नीचे रख लें।

- हथेलियों पर दबाव डालें, सीना उठाएँ और कूल्हे पीछे की ओर दबाएँ।

- पैरों को कूल्हों जितनी चौड़ाई पर फैला लें और एड़ियों को नीचे दबाएँ।

- सिर को फ़र्श की ओर झुकाएँ। कोहनियों और पीठ को लंबा कर लें।

बँधी हुई कोण मुद्रा

आंतरिक शांति

✦ बद्ध कोणासन (ए) ✦
बँधी हुई कोण मुद्रा

योगी *"ॐ शांति"* का जाप करके आंतरिक शांति को आमंत्रित करते हैं। मानसिक शांति पाने के लिए *बद्ध कोणासन (ए)* का अभ्यास करें। यह मुद्रा कूल्हों के लिए गहन बाहरी घुमाव प्रदान करती है और किसी भी प्रकार के अवरोधों या दमित भावनाओं की सफ़ाई करती है। जब व्यक्ति ज़मीन के साथ जुड़ा रहता है और रीढ़ द्वारा उठता है, तो रीढ़ में ऊर्जा का प्रवाह तेज़ी से होता है। इस आसन में शरीर की कोशिकाओं में शांति समा जाती है और आरामदेह अनुभूति उत्पन्न होती है। मन के व्यर्थ विचारों के स्थान पर ताज़गी का अनुभव होता है।

- कूल्हों के बल बैठें और दोनों पैरों के तलवों को एक साथ मिला लें।
- रीढ़ को तान लें और जाँघों के पिछले हिस्सों को फ़र्श पर आराम से रखें।
- पैर बाहर की ओर खोल लें और पंजों को सटाकर हाथों से दबा लें।

रीढ़ मोड़ने की मुद्रा (बी)

अनिद्रा

✦ जठर परिवृत्तासन (बी) ✦
रीढ़ मोड़ने की मुद्रा (बी)

नींद हर मनुष्य के स्वास्थ्य के लिए अनिवार्य है। जठर *परिवृत्तासन* से अनिद्रा दूर करने में मदद मिलती है और शांति में वृद्धि होती है। अनिद्रा के रोगी योगाभ्यास के लिए आदर्श उम्मीदवार होते हैं, ख़ास तौर पर इसलिए क्योंकि उनके पास बहुत सा ख़ाली समय होता है। यह *आसन* मन को शांत करता है और क्रोध को दूर करता है। साथ ही यह पीठ की मांसपेशियों को भी तानता है। स्लिप डिस्क या उच्च रक्तचाप के रोगियों को इस आसन की सलाह नहीं दी जाती है। यह मुद्रा रीढ़ के कशेरुकों को तानती है। जब इसे किया जाता है तो डिस्क दबाव कम हो जाता है और वे सही जगह पर स्थापित होने की ओर मार्गदर्शन पाती हैं। चैन से सोएँ!

- ◆ पीठ के बल लेट जाएँ और दोनों पैर सटा लें। हाथ दोनों तरफ़ फैला लें।

- ◆ घुटने मोड़ें और उन्हें सीने की ओर लाएँ।

- ◆ दोनों पैरों को बाईं ओर ले जाएँ और अपने ऊपरी शरीर को दाईं ओर मोड़ें।

- ◆ अपना दायाँ पैर बाईं ओर जितना आरामदेह हो, उतना फैला लें।

- ◆ बाएँ पैर को रीढ़ की सीध में सामने की ओर अधिकतम तानें।

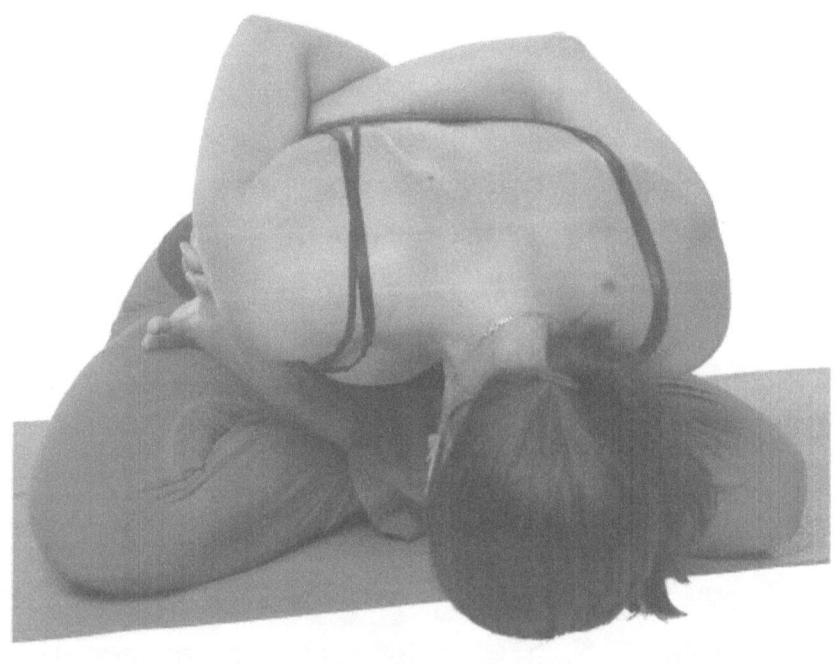

आत्मिक योग की मुद्रा

अन्तर्ज्ञान

✦ योग मुद्रासन ✦
आत्मिक योग की मुद्रा

कूल्हों को खोलने वाले कुछ व्यायाम करने के बाद मनुष्य पद्मासन करना सीख सकता है। यह सुखासन में पालथी मारकर बैठने से थोड़ा कठिन अभ्यास है। *योग मुद्रासन,* पद्मासन की ऐसी मुद्रा है जिसमें हाथों का इस्तेमाल किया जाता है। इसके लिए कूल्हों और मन के लचीलेपन की आवश्यकता होती है। अतीन्द्रिय केंद्र विकसित किया जा सकता है, जिससे आंतरिक मार्गदर्शन के साथ हमारा संबंध गहरा होता है। जब हम यह जान जाते हैं कि कुछ तो घटित होगा, तो समझ लीजिए कि हम अपने अन्तर्ज्ञान की बात सुन रहे हैं। रीढ़ के मूल से श्वास खींचें और सिर के शीर्ष तक लें। फिर एक पल के लिए ठहरें। श्वास छोड़ें और उसे रीढ़ के छोर तक नीचे दिशा दें। अगली बार श्वास लेने से पहले थोड़ा ठहरें। लयबद्ध तरीक़े से श्वास लेने से अन्तर्ज्ञान के विकास में मदद मिलती है।

- ◆ सीधे बैठें और रीढ़ को तान लें।
- ◆ दायाँ पैर मोड़कर बाएँ पैर की जाँघ पर रख लें।
- ◆ बायाँ पैर मोड़कर दाएँ पैर की जाँघ पर रख लें।
- ◆ दाएँ हाथ से दाएँ पैर के अँगूठे को पकड़ें और बाएँ हाथ से बाएँ पैर के अँगूठे को।
- ◆ सीना उठाएँ और माथा नीचे लाएँ, ताकि आप आरामदेह तरीक़े से फ़र्श के जितने क़रीब पहुँच सकते हों, पहुँच जाएँ।

बैठकर की जाने वाली कोण मुद्रा (सी)

कर्म

✦ उपविष्ट कोणासन (सी) ✦
बैठकर की जाने वाली कोण मुद्रा (सी)

अपनी नियति को अपनी प्रतिक्रियाओं पर अधिकार न दें। पतंजलि के योग सूत्र के अनुसार, "कर्म केवल उन्हीं प्रवृत्तियों को उत्पन्न करता है, जिनके निश्चित कारण मौजूद होते हैं। ये कारण हैं अज्ञान, अहंकार, आसक्ति, वैर और जीवन को जकड़ने की इच्छा।"

उपविष्ट कोणासन (सी) करने से हमारी प्रतिक्रिया करने की इच्छा कम होती है। जब हम रीढ़ के निचले हिस्से से धरती पर पेड़ की जड़ों की तरह लंगर डालते हैं तो हमें स्थिरता और विरक्ति हासिल होती है। पैरों को फैलाकर और ऊपरी शरीर को आगे करने से निचली कमर लंबी होती है और पहले *चक्र* को शक्ति मिलती है। निगाह और माथे को धरती की ओर दिशा दें। अपेक्षाओं को जाने दें और जो कुछ है उसे स्वीकार करें। यह कार्मिक सफ़ाई के रूप में कारगर हो सकता है।

- बैठकर अपने पैर सामने की ओर फैला लें।

- अपनी रीढ़ को लंबा कर लें, अपने सीने को ऊपर उठाएँ और पैर तान लें।

- आगे झुकें, हाथ सीधे करें और उन्हें कंधों की चौड़ाई पर रखें।

- अपनी हथेलियों को ज़मीन पर रखकर जितना आगे तक फैलाना आरामदेह हो, फैला लें।

धनुष की मुद्रा

किडनी और लिवर

✦ धनुरासन ✦
धनुष की मुद्रा

जब शरीर विषाक्त पदार्थों से भरा होता है तो शरीर से दुर्गंध आती है। यदि पसीने में बदबू आ रही हो तो इसका अर्थ है कि सफ़ाई की ज़रूरत है। योग सभी अंगों, ऊतकों और कोशिकाओं की पूरी सफ़ाई कर देता है। धनुरासन एक ऐसी मुद्रा है, जो लिवर और किडनियों की मालिश करती है। यह पैनक्रियाज़ और एड्रीनल ग्रंथियों को भी सही करता है जिससे ग्रंथियों का स्राव संतुलित होता है। जब विषैले पदार्थों को बाहर निकालने वाले अंग मज़बूत होंगे तो शरीर की सफ़ाई की दर बढ़ जाएगी। शारीरिक व्यायाम करें और शारीरिक दुर्गंध से मुक्ति पाएँ!

- ◆ पेट के बल लेटें और हाथों को अपने शरीर के पास टिका लें।

- ◆ घुटने मोड़ें और एड़ियाँ अपने कूल्हों की ओर ले जाएँ।

- ◆ हाथों से एड़ियाँ जकड़ लें।

- ◆ साँस खींचें, पीठ तानें और जाँघों, सीने तथा सिर को ऊपर उठा लें।

- ◆ पैरों को अपने शरीर से दूर धकेलें और हाथ सीधे कर लें।

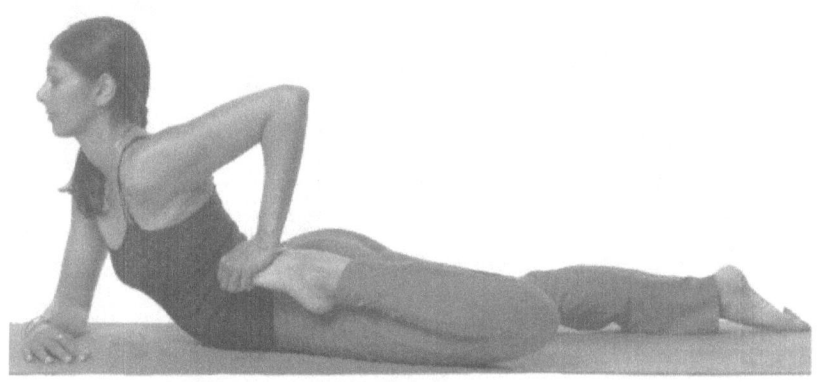

मेंढक की मुद्रा

घुटनों का दर्द

✦ भेकासन ✦

मेंढक की मुद्रा

घुटना शरीर को बहुत सहारा देता है। यह अधिकांश गतिविधियों की बुनियाद है। शरीर अधिकांश कामों के लिए घुटनों का ही इस्तेमाल करता है। इसलिए घुटनों का दर्द एक ऐसा संकेत है, जिस पर पर्याप्त ध्यान देना ज़रूरी है। घुटनों में परेशानी का एक कारण यह भी हो सकता है कि आपके मन में डर मौजूद है। किसी डरावनी जगह से गुज़रते वक़्त इंसान को घुटनों में कमज़ोरी महसूस हो सकती है। दरअसल, साहस मज़बूत क़दमों से चलता है। *भेकासन* एक ऐसा आसन है जो घुटनों को मज़बूत कर सकता है। *पूर्ण भेकासन* की तैयारी करने के लिए उससे पहले *अर्ध भेकासन* भी किया जा सकता है, जिसमें एक पैर को मोड़ा जाता है। यह टखनों – यहाँ तक कि मोच वाले टखनों को भी – मज़बूत कर सकता है। इस आसन का अभ्यास करने से एड़ियाँ नर्म होती हैं और दर्द में कमी आती है। इसे एक चुनौतीपूर्ण मुद्रा माना जाता है। इसके पुरस्कार अद्‌भुत होते हैं। हालाँकि यह मेंढक जैसी मुद्रा है, लेकिन इस मुद्रा को करते समय आपको मेंढक की तरह फुदकना नहीं है।

- पेट के बल लेट जाएँ। पंजों के ऊपरी हिस्से की ओर हाथ बढ़ाएँ।
- हाथ मोड़ें, हथेलियाँ पैरों पर टिकाएँ, ताकि अँगूठे सामने की ओर संकेत करते रहें।
- अपने घुटने नीचे दबाएँ, ताकि जोड़ मज़बूत बनें और आर्थराइटिस या ग़लत संयोजन के दर्द से राहत मिल सके।
- एड़ियों को कूल्हों की ओर लाएँ और सीने को ऊपर उठाएँ।

योद्धा की मुद्रा (सी)

नेतृत्व

✦ वीरभद्रासन (सी) ✦
योद्धा की मुद्रा (सी)

योग कक्षाओं में किसी से भी कोई आसन प्रदर्शित करने को कहा जा सकता है। स्वयंसेवियों का इंतज़ार करने वाली असहज ख़ामोशी में बचने के लिए कुछ विद्यार्थी अपनी योगा मैट के नीचे छिपने के बारे में सोचने लगते हैं। दूसरी ओर, कुछ विद्यार्थी ऐसे होते हैं, जो स्पॉटलाइट में आने के लिए प्रेरित महसूस करते हैं जबकि कुछ उसकी छाया में ही रहना पसंद करते हैं। किसी भी पल तस्वीर बदल सकती है। नेतृत्व महत्त्वाकांक्षाओं को साकार कर देता है। आत्म–सशक्तिकरण और नेतृत्व की इच्छा को मज़बूत बनाने के लिए वीरभद्रासन (सी) करें। इस मुद्रा से हासिल प्रेरणा बुलंद इरादों को साकार करने के लिए इस्तेमाल की जा सकती है।

- दाएँ पैर को झुकाकर और बाएँ पैर से लगभग तीन फुट दूर रखकर खड़े हों।

- अपने बाएँ पैर को तिरछा फैलाएँ और अपने आगे वाले पैर से थोड़े कोण पर रखें।

- टेलबोन को नीचे दबाएँ और अपने निचले पेट तथा सीने को ऊपर उठाएँ।

- शरीर को तिरछा रखें और कंधों को कूल्हों की सीध में रखें।

- अपने बाएँ हाथ को बाएँ पैर के बीच तक लाएँ और दायाँ हाथ ऊपर उठाते हुए पीछे की ओर ले जाएँ।

गाय के मुख की मुद्रा

पैरों की ऐंठन

✦ गोमुखासन ✦
गाय के मुख की मुद्रा

मानव शरीर एक जटिल कृति है जिसे अविश्वसनीय चीज़ें करने के लिए बनाया गया है। जब यह अच्छे हाल में होता है तो जीवन स्वर्ग सा लगता है और इंसान अक्सर मुस्कुराता रहता है। जब शरीर परेशानी में होता है तो इंसान बंधक महसूस करता है और इससे जूझना कुंठाजनक होता है। ऐंठन तब होती है जब शरीर थक जाता है या बहुत कामकाज से तंग आ जाता है। पैरों का तनाव दूर करने वाले व्यायाम से पैरों की ऐंठन दूर हो सकती है। *गोमुखासन* पैरों को राहत देने वाली सहायक मुद्रा है। इस मुद्रा में गाय जैसी नम्रता महसूस की जा सकती है। जब व्यक्ति इस *आसन* में आराम करता है तो चित्त शांत होता है। सीने के खुलने से पीठ के दर्द, जकड़न और यहाँ तक कि सायटिका में भी राहत मिलती है। इस मुद्रा को करें और अपने पैरों को कभी अपनी जीवनशैली में बाधक न बनने दें।

- बैठ जाएँ और अपने पैर फ़र्श पर रख लें।

- बाएँ पैर को दाएँ घुटने के नीचे रखें और दाएँ पैर को बाएँ घुटने के ऊपर से पार ले जाएँ।

- दोनों घुटने एक-दूसरे के ऊपर आराम से रखें और एड़ियाँ आड़ी व समानांतर रखें।

- दायाँ हाथ पीठ के पीछे ले जाएँ और हथेली ऊपर की ओर रहे।

- बाएँ हाथ को सिर के ऊपर उठाएँ और दोनों हाथों को एक-दूसरे की ओर ले जाएँ।

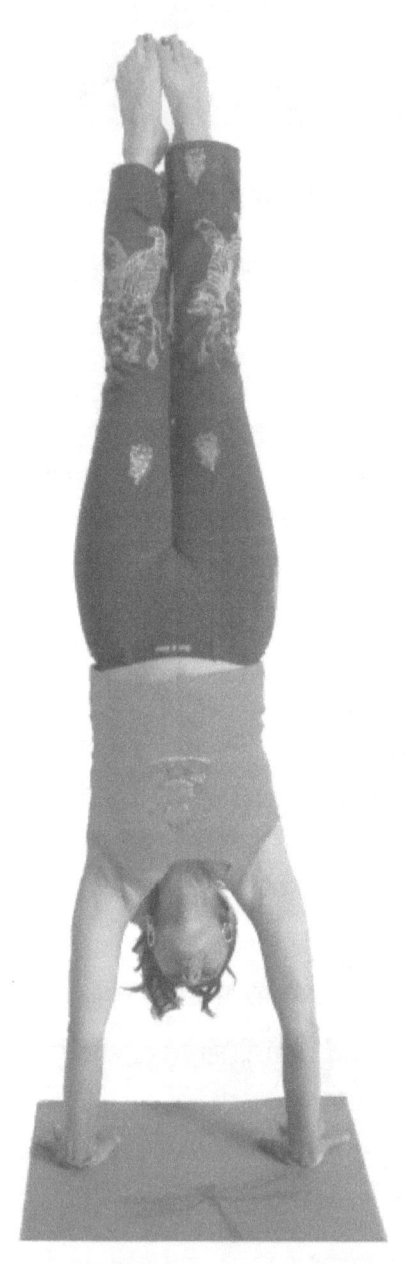

शरीर को हाथों पर साधना

सुस्ती

✦ शरीर को हाथों पर साधना ✦
(कोई संस्कृत नाम नहीं)

नींद के चक्र हर एक के हिसाब से भिन्न होते हैं। जल्दी उठने वाले लोग सुबह उत्साही और फुर्तीले होते हैं। दूसरी ओर, निशाचर लोग रात को जीवंत होते हैं। कार्यों को अच्छी तरह निबटाने के लिए ऊर्जा का बढ़ना वरदान जैसा लगता है। हालाँकि जम्पिंग जैक्स वाली कसरत करने से ऊर्जा मिलती है, लेकिन अधिकतर लोग इसे पहले विकल्प के रूप में नहीं चुनते हैं। हाथों के बल शरीर साधना कहीं अधिक आरामदेह समाधान है। जब सुबह-सुबह इसका अभ्यास किया जाता है तो इससे ताज़गी मिलती है। फिर आप पूरी तरह जागकर अपना दिन शुरू कर सकते हैं। जब आप नींद से उठकर इधर-उधर डोल रहे हों, तो डोलते हुए इस मुद्रा में आ जाएँ।

◆ किसी स्थिर दीवार को चुनते हुए उससे टिकें और आस–पास की चीज़ों को हटा दें।

◆ दीवार से कुछ फुट की दूरी पर खड़े हों और अपने दाएँ पैर को आगे रखें।

◆ अपने हाथ फ़र्श पर जमा दें और बायाँ पैर दीवार पर रखें।

◆ दाएँ पैर को भी उठाकर अपने बाएँ पैर के पास दीवार पर रख दें। हथेलियों पर दबाव डालें।

मुड़ी हुई पार्श्व कोण मुद्रा

सीमाएँ

✦ परिवृत्त पार्श्वकोणासन ✦
मुड़ी हुई पार्श्व कोण मुद्रा

जहाँ सीमाओं का सवाल उठता है वहाँ एक जुमला दिमाग़ में आता है, "नहीं कर सकता।" जब कोई कहता है कि वह कोई चीज़ नहीं कर सकता, तो यह कुंठाजनक या चुनौतीपूर्ण हो सकता है। दरअसल, शरीर को झुकाने से इंसान सीमाओं के पार सोचने के लिए प्रोत्साहित होता है। *परिवृत्त पार्श्व कोणासन* एक ऐसी मुद्रा है, जिसमें शरीर अच्छी तरह मुड़ता है। इस मुद्रा को करने से पहले भारी भोजन करना सोच की सीमाओं का उदाहरण है। जब पाचन को प्रेरित करने के लिए आँतों को घुमाया जाता है, तो ख़ाली पेट से मनचाहे परिणाम मिलते हैं। इस मुद्रा को करने के बाद मस्तिष्क अपनी सीमाओं से परे चला जाता है।

◆ खड़े होकर अपना दायाँ पैर पीछे की ओर तान लें। बाएँ पैर को आगे नब्बे डिग्री पर मोड़ें।

◆ कूल्हों और कंधों को आगे सीधे लाएँ।

◆ अपने ऊपरी शरीर को घुमाएँ और दाएँ हाथ को बाईं जाँघ के बाहर लाएँ।

◆ दाएँ हाथ की अँगुलियों को ज़मीन पर टिकाएँ।

◆ बाएँ हाथ को सिर के ऊपर ले जाएँ, हथेलियों को दबाएँ या अँगुलियों से आगे की तरफ़ संकेत करें।

संतुलित छड़ी की मुद्रा

प्रेम

✦ तुलादंडासन ✦
संतुलित छड़ी की मुद्रा

जब हृदय पूर्ण रूप से लबालब होता है तो व्यक्ति प्रेम से ओत-प्रोत रहता है। इंद्रिय सुख, दौलत या भौतिक संपत्ति चाहे जितनी हो, वह हृदय की उस प्यास को संतुष्ट नहीं कर सकती जिसकी असल दवा एक ही है : सर्वव्यापी प्रेम। अम्मा कहती हैं, "प्रेम किसी निर्जीव वस्तु को भी सजीव और चेतन वस्तु में बदल सकता है।" इसका प्रबल उदाहरण वह प्रेम है जो आप गुड्डे-गुड़ियों या टेडी बियर से करते हैं। तुलादंडासन का अभ्यास करने से हमें हृदय से आगे बढ़ने में मदद मिलती है और हाथों को खोलकर हम सृष्टि के प्रेम को प्राप्त कर सकते हैं। हमारा अस्तित्व सर्वव्यापी प्रेम से जुड़ जाता है। यह प्रकाश हमें सारे विनाश, सृजन और विकास में मार्गदर्शन देता है।

- खड़े हों, अपने ऊपरी शरीर को आगे झुकाएँ और बाएँ पैर को उठाकर पीछे की ओर ले जाएँ।
- दाएँ पैर को ज़मीन पर जमाएँ और एक पैर पर संतुलन स्थापित करें।
- अपने हाथों को दोनों तरफ़ फैला लें और अँगुलियाँ खोल लें।
- सीने को आगे की ओर उठाएँ और कमर के ऊपरी हिस्से से चाप बनाएँ, जबकि बाएँ पैर की अँगुलियाँ पीछे की ओर संकेत करें।

पैर चौड़े करके आगे झुकना

लो ब्लड प्रेशर

✦ प्रसारित पादात्तोनासन (डी) ✦
पैर चौड़े करके आगे झुकना

अगर मस्तिष्क तक रक्त का प्रवाह कम हो तो यह बहुत तनावपूर्ण हो सकता है। जब रक्त प्रवाह पूरे शरीर में अच्छी तरह होता है तो रक्तचाप भी सही रहता है। कई बार रक्तचाप रक्त प्रवाह से भी प्रभावित होकर कम हो सकता है। *प्रसारित पादोत्तानासन (डी)* एक ऐसा आसन है जो कम रक्तचाप को सही कर सकता है। यदि मस्तिष्क को ऊपर की दिशा में रखने के लिए पर्याप्त रक्त संचार न मिले तो यह निश्चित रूप से लटक जाएगा। किसी भी प्रकार का चक्कर आना अनुचित श्वास लेने का लक्षण है। ऐसे में चेतन होकर साँस लेने से मदद मिलती है। इस मुद्रा में रक्तचाप बढ़ने की निगरानी करना और इसे सही रखना महत्वपूर्ण है। इस आरामदेह गतिविधि द्वारा कम रक्त चाप से संतुलित रक्तचाप तक पहुँचें।

- खड़े हों, तिरछे मुड़ें और अपने दाएँ पैर को बाएँ पैर से लगभग चार फुट दूर रखें।

- अपने पंजों की अँगुलियों का संकेत अंदर की ओर करें और एड़ियों को बाहर की ओर रखें। हाथों को कूल्हों तक लाएँ।

- कूल्हों से झुकें, सीने को खींचें और हाथों को पैर के अँगूठों पर रख लें।

- अपने सिर को ज़मीन की ओर ले जाएँ और पेट को संकुचित करें।

- साँस लेते हुए कूल्हों पर हाथ रखें और दोबारा खड़े होने की मुद्रा में लौटें।

सिर के बल आधे खड़े होना

स्मृति

✦ अर्ध शीर्षासन ✦
सिर के बल आधे खड़े होना

सिर को संतुलन का केंद्र माना जाता है। इसे ऐसा क्षेत्र माना गया है, जो विवेक को संचालित करता है। मस्तिष्क में पर्याप्त रक्त प्रवाह होने से वैचारिक शक्ति बढ़ती है। यह मस्तिष्क की पिट्यूटरी और पिनियल ग्रंथियों को यौवन प्रदान करता है। इससे स्मृति बढ़ने के साथ-साथ फेफड़ों की कार्यक्षमता और लचीलापन भी बढ़ता है। इसके लिए शीर्षासन के विभिन्न प्रकार आज़माने जा सकते हैं, जो योगाभ्यासी के स्तर पर निर्भर करता है। *अर्ध शीर्षासन* सिर के बल खड़े होने की आधी अवस्था है, जिसके मस्तिष्क पर कई लाभकारी प्रभाव होते हैं। यह उल्लेखनीय आसन निश्चित रूप से यादगार रहेगा। इसे नियम से करना याद रखें।

- घुटनों के बल बैठें और हाथों को फ़र्श पर रखकर एक त्रिकोण की मुद्रा बनाएँ।
- अँगुलियों को कसकर जकड़ लें और सिर के सबसे ऊपरी हिस्से को हथेलियों तक ले आएँ।
- सिर के पिछले हिस्से को हथेलियों से छुएँ, ताकि हाथ में दर्द न हो।
- घुटने सिर की ओर लाएँ और पैरों को सीधा कर लें।
- पैर की अँगुलियों को ज़मीन पर रखें और कूल्हों को आराम से जितने ऊपर उठा सकते हों, उठा लें।
- वैकल्पिक रूप से, दोनों पैर आधी दूर तक ऊपर उठा लें और पंजों से बाहर की ओर संकेत करें।

बिल्ली और गाय की मुद्रा

मस्तिष्क की तीक्ष्णता

✦ मार्जरासन (बी) और (सी) ✦
बिल्ली और गाय की मुद्रा

आइन्स्टाइन ने कहा था, "कोई भी समस्या उसी चेतना से नहीं सुलझाई जा सकती, जिस स्तर की चेतना से यह उत्पन्न हुई थी।" मानसिक तीक्ष्णता हमें अपनी वर्तमान स्थिति से परे देखने की क्षमता प्रदान करती है और हमारी सर्वोच्च क्षमता को आकर्षित करती है। यह हमें ध्यान की ओर ले जाती है, जिसे *अष्टांग* योग का सातवाँ अंग कहा जाता है। कठोर रीढ़ बलूत के उस वृक्ष की तरह तनावपूर्ण होती है, जिसकी शाखाएँ तेज़ हवा में टूट जाती हैं। योगी रीढ़ को विलो के पेड़ की तरह मुलायम करने का प्रयास करता है, जो तेज़ हवा आने पर झुक जाता है। *मार्जरासन (बी)* और *(सी)* करने से रीढ़ लचीली और विस्तृत होती है। इन आसनों का अभ्यास करने से आपका मस्तिष्क तीक्ष्ण हो सकता है। लचीलेपन तथा विस्तार द्वारा आपकी कमर के ऊपरी हिस्से को आराम मिलता है और प्रजनन तंत्र अनुकूल बनता है। अपनी मानसिक शक्ति बढ़ाएँ और स्वयं को दीर्घायु बनाएँ। नौ जीवन पाने वाली बिल्ली जैसे बनें।

- घुटने और हथेलियाँ फ़र्श पर रख लें।

- कलाइयाँ कंधों के नीचे लाएँ और घुटनों को अपने कूल्हों की सीध में रखें।

- साँस लें, सिर को ऊपर उठाएँ और पीठ को तान लें, साथ ही अपनी कूल्हे की अस्थि को आगे लाएँ।

- अपने पेट को लंबा करें और हवा को फेफड़ों में पूरी तरह भर लें।

- साँस छोड़ें, सिर झुकाएँ और अपनी पीठ के बीच के हिस्से को छत की ओर गोलाकार रखें।

रीढ़ को आधा मोड़ना

मांसपेशियों की ऐंठन

✦ अर्ध मत्स्येन्द्रासन ✦

रीढ़ को आधा मोड़ना

मांसपेशियों की ऐंठन भावनात्मक जकड़न से अधिक सूक्ष्म होती है, जिसे चिड़चिड़ेपन का दौरा भी माना जाता है। बहरहाल, ऐंठन कई कारणों से हो सकती है, जैसे थकान, इलेक्ट्रोलाइट्स की कमी या संभावित अनुवंशिक कारण। *अर्ध मत्स्येन्द्रासन* ऐंठन में लाभकारी होता है। यह सबसे अच्छी तरह तब होता है, जब कुछ आगे और पीछे की ओर मुड़ने वाले आसन कर लिए जाएँ। इससे तंत्रिका तंत्र व मांसपेशियों के तनाव में राहत मिलती है और दबाव में कमी आती है। इसके बाद ऐंठन शांतिदायक अनुभूति में बदल जाती है, जो शरीर की कोशिकाओं में समा जाती है।

- बैठ कर अपना बायाँ पैर मोड़ें और दाएँ पैर को बाएँ घुटने के बाहर की ओर रखें।
- दाएँ पंजे से आगे की तरफ़ संकेत करें और बाएँ हाथ को दाएँ घुटने के बाहर की ओर से निकालें।
- बाएँ हाथ से दाएँ पैर का अँगूठा छूने की कोशिश करें और यदि सम्भव हो, तो उसे पकड़ लें।
- साँस लें, रीढ़ को लंबा करें और पीछे की ओर घूमें।
- अपने दाएँ हाथ को तानकर बाईं ओर कमर के पीछे तानें या फ़र्श पर रखें।

मुड़ा हुआ त्रिकोण

मांसपेशियों की चुस्ती

✦ परिवृत्त त्रिकोणासन ✦
मुड़ा हुआ त्रिकोण

हालाँकि योग लचीलेपन के लिए जाना जाता है, लेकिन यह मांसपेशियों की शक्ति और स्टैमिना को भी बढ़ाता है। *परिवृत्त त्रिकोणासन* एक ऐसा आसन है, जो पूरे शरीर में चुस्ती भर देता है। चुस्ती आने से शरीर अधिक हल्का और अधिक गतिशील हो जाता है। यह व्यस्त जीवनशैली या दुविधाग्रस्त मन के लिए आदर्श आसन है। यह आसन सभी प्रकार की योग कक्षाओं में आसन, सहायक और लोकप्रिय है। सीखते समय यह आसन मांसपेशियों में ऐसी जागरूकता लाता है, जिसका आपको अंदाज़ा भी नहीं था। कूल्हों, कमर और घुटनों के पीछे की मांसपेशियाँ मज़बूत होती हैं। जब धड़ पैरों की सीध में आराम करता है, तो कूल्हों में पूरी गति आ जाती है। चुस्त होने पर शरीर अधिक कार्यकुशल होता है और अपने सारे काम करने में समर्थ हो जाता है।

- खड़े होकर बाएँ पैर को पीछे रखें और वज़न अपने पीछे वाले पैर के कोने पर साधें।

- अपने पीछे के पंजों को थोड़ा आगे की तरफ़ घुमाएँ और पैरों को एक-दूसरे से तीन फुट की दूरी पर ले आएँ।

- दाएँ पैर को सीधा करें। दाईं एड़ी को अपने बाएँ पैर की चाप के समानांतर रखें।

- बाएँ हाथ को ज़मीन पर दाएँ पैर के कोने से बाहर की ओर रखें।

- अपने ऊपरी शरीर को घुमाएँ, दायाँ हाथ ऊपर करें और छत की ओर देखें।

तिरछे कोण की मुद्रा

आशावाद

✦ बद्ध पार्श्वकोणासन ✦
तिरछे कोण की मुद्रा

आशावादी व्यक्ति असाधारण चमक के साथ मुस्कुराता है। ऐसी ऊर्जा चुंबकीय होती है। सच्ची सकारात्मक ऊर्जा हर मुद्रा में गति ला देती है। आशावादी बनने से ख़ालीपन हटता है और पूर्णता आती है। निराशावादी लोगों को आशावाद से चिढ़ हो सकती है। यह प्रकाश का स्वभाव है कि वह अंधकार से तेज़ चमके। समभाव तब शुरू होता है, जब लोगों को वैसे ही स्वीकार किया जाए, जैसे वे हैं। समभाव की पृष्ठभूमि बन जाने पर उत्पादकता संभव है। इस आसन में शरीर और मन मुड़कर संभावना के नए स्थानों पर पहुँचते हैं। *बद्ध पार्श्वकोणासन* शरीर के बग़ल के लिए पूर्ण विस्तार प्रदान करता है और अस्तित्व को सामंजस्य में लाता है।

- खड़े हों और अपने पैर एक-दूसरे से चार फुट की दूरी पर रखें।

- अपने बाएँ पैर को पीछे तानें और अपने पैर के कोने को फ़र्श पर दबाएँ।

- अपना दायाँ पैर आगे रखें और इसे नब्बे डिग्री के कोण पर झुकाएँ।

- बायाँ हाथ दाएँ पैर के नीचे से निकालें और दायाँ हाथ पीठ के पीछे से निकालें।

- अपने ऊपरी शरीर को छत की ओर घुमाएँ और दोनों हाथों को आपस में जकड़ लें।

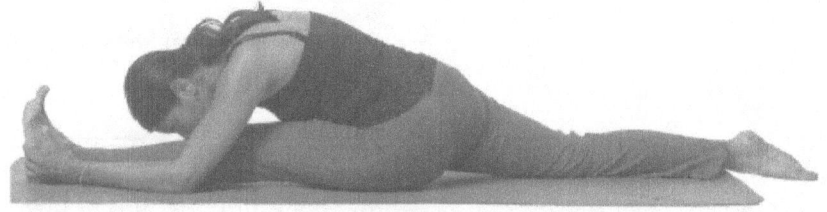

वानर मुद्रा (बी)

साझेदारी

✦ हनुमानासन (बी) ✦
वानर मुद्रा (बी)

इंसानों में यह प्रवृत्ति होती है कि वे अपने जोड़ीदार खोजते हैं। हिंदू धर्म में देवताओं की अर्धांगिनी होती है, जो पुरुष और नारी के दैवी संगम का प्रतिनिधित्व करती हैं। हनुमान असाधारण शक्तियों वाले वानर थे, जिन्होंने राम और उनकी प्रिय अर्धांगिनी सीता का पुनर्मिलन कराया था। हनुमानासन *(बी)* का अभ्यास करने से पैरों की मांसपेशियों को शक्ति मिलती है। यह पैरों और साइटिका के दोषों को दूर कर सकता है। यह आसन आंतरिक शक्ति, धैर्य और जागरूकता को भी बढ़ाता है। ये गुण सौहार्द्रपूर्ण साझेदारियाँ बनाए रखने में मूल्यवान होते हैं। इस आसन से दूरियाँ कम होंगी और नज़दीकियाँ बढ़ेंगी। इसे पूर्ण रूप से सिद्ध करने में काफ़ी अभ्यास की ज़रूरत होती है।

◆ अपने पैरों को कूल्हों जितनी चौड़ाई में रखकर बैठें और बाएँ पैर को आगे लाएँ।

◆ अपने शरीर को आगे झुकाएँ और हथेलियाँ बाएँ पैर के पास रख दें।

◆ धीरे-धीरे अपने बाएँ पैर को आगे ले जाएँ और सीधा तान लें।

◆ अपने दाएँ पैर को पीछे जितना सुविधाजनक हो, उतना अधिक तानें।

◆ दोनों पैरों को फ़र्श पर टिकाए रखें और माथा बाएँ घुटने की ओर लाएँ।

बद्ध कोण (बी) मुद्रा

धैर्य

✦ बद्ध कोणासन (बी) ✦
बद्ध कोण (बी) मुद्रा

गौतम बुद्ध ने कहा है, "धैर्य ही सबसे बड़ी प्रार्थना है।" इसका एक बड़ा अच्छा उदाहरण है माताओं का अपने बच्चों को देखना। हालाँकि कई कुंठाएँ होती हैं, लेकिन वे शांति और समझ के साथ हर स्थिति से निबटने का प्रयास करती हैं। चिढ़ के बजाय धैर्य रखने का विकल्प इंसान ही चुनता है। यदि किसी में टाइप ए, डबल ए या ट्रिपल ए (अत्यधिक तनावपूर्ण) बनने की प्रवृत्ति है, तो संभवतः चिढ़ना आसान होता है। इस मामले में *बद्ध कोणासन (बी)* करने से मन के शांत होने में मदद मिलती है। शांतिपूर्ण संगीत बजाने से भी इस आसन के लिए माहौल बनता है। मस्तिष्क क्रोध से शीतलता की ओर पहुँचता है।

- बैठकर अपने पैरों के तलवों को मिला लें।

- अपनी रीढ़ की हड्डी के मूल को फ़र्श पर दबाएँ।

- रीढ़ को गोलाकार बनाते हुए ऊपरी शरीर को आगे झुकाएँ।

- अपने हाथों को पैरों के तलवों के चारों ओर लपेट लें।

- माथा फ़र्श की ओर लाएँ, ताकि मस्तिष्क को राहत मिल सके।

लेटकर की जाने वाली वीर मुद्रा

संभावना

✦ सुप्त वीरासन ✦
लेटकर की जाने वाली वीर मुद्रा

शरीर हमारे सात मुख्य *चक्रों* से स्पंदन प्रवाहित करता है। हम दूसरे ऊर्जा क्षेत्रों के संपर्क में आने पर अपनी ऊर्जा को महसूस कर सकते हैं। जब सकारात्मक चिंतक एक दूसरे को आकर्षित करते हैं, तो वे एक-दूसरे के जीवन-स्तर को ऊपर उठाते हैं। *सुप्त वीरासन* में शरीर का सामने वाला हिस्सा खुला होता है और शाश्वत ऊर्जा के संपर्क में रहता है। इस मुद्रा में शरीर शक्ति और विश्वास के साथ साँस लेने का स्थान बन जाता है। जब व्यक्ति इस *आसन* में श्वास पर निगाह रखता है, तो संभावनाओं का क्षेत्र सभी दिशाओं में फैल जाता है। इसे पीछे झुकने की मुद्रा से पहले भी किया जा सकता है, ताकि *चक्रों* के बारे में आप अधिक जागरूकता हो सकें।

◆ अपने घुटने फ़र्श पर दबाकर बैठें और एड़ियों के बीच रखें।

◆ कूल्हों के बल लेट जाएँ और सिर फ़र्श पर नीचे ले आएँ।

◆ अपने हाथ फ़र्श पर पीछे की ओर ले जाएँ। ध्यान रहे, पीठ ज़मीन से सटी रहे।

◆ अपने पिंजर को हौले से नीचे दबाएँ और कमर के निचले हिस्से को फ़र्श पर दबाएँ।

◆ अपने हाथों को सिर के ऊपर पहुँचने दें और कंधे ढीले छोड़ दें।

ताड़ वृक्ष की मुद्रा

अंग-विन्यास

✦ ताड़ासन ✦
ताड़ वृक्ष की मुद्रा

शरीर का अंग-विन्यास बिना कुछ बोले बहुत कुछ बता देता है। सही अंग-विन्यास से शरीर सामंजस्य में आ जाता है और सही संतुलन बन जाता है। रीढ़ सही करने से आदर्श संयोजन निर्मित हो जाता है। *ताड़ासन* रीढ़ के लिए बहुत लाभकारी होता है। रीढ़ को तानने से इससे निकलने वाली तंत्रिकाओं या नाड़ियों के अवरोध साफ़ हो जाते हैं। इसके अलावा, मानसिक और शारीरिक संतुलन भी विकसित होता है। दरअसल, रीढ़ से 72,000 *नाड़ियाँ* निकलती हैं। इनमें मध्यम तंत्रिका *सुषुम्ना* नाड़ी सीधी होती है और योगाभ्यास, प्राणायाम व एकाग्रता के अभ्यास से जाग्रत होती है। जब इसे शुद्ध किया जाता है तो यह अवरोधों और अशुद्धियों को हटाती है तथा चेतना को गहरा बनाती है। अंग-विन्यास आपके जीवन को सही दिशा में ले जाएगा। *ताड़ासन* किसी भी प्रकारान्तर से किया जा सकता है।

- ◆ अपने पैर थोड़े से अलग रखते हुए हाथों को बगल में रखें।

- ◆ पैरों के पंजों के बल खड़े होते हुए, साँस लें और हाथ सिर के ऊपर उठाएँ।

- ◆ अपनी अँगुलियाँ गूँथ लें और हथेलियाँ ऊपर की ओर रखें।

- ◆ साँस लें, एड़ियाँ उठाएँ, शरीर को लंबा करें और कुछ पल रुकें।

- ◆ साँस छोड़ते हुए, एड़ियाँ नीचे लाएँ और हाथ शरीर के बगल में रख लें।

एक पैर की दंड मुद्रा

शक्ति

✦ एक पाद दंडासन ✦

एक पैर की दंड मुद्रा

शक्ति इस विश्वास से बढ़ती है कि चीज़ें संभव हैं। समय और धन जैसी कुछ शक्तियाँ सीमित होती हैं। इन सबसे परे अहं के बाहर के स्रोत की एक असीमित शक्ति होती है। मन का संघर्ष पूर्ण संकल्प के साथ प्रतिस्पर्धा नहीं कर सकता, क्योंकि इसे सर्वव्यापी स्रोत के साथ संबंध से शक्ति मिलती है। जीवन का एक स्वर्णिम नियम यह है कि हमें खुद पर भरोसा रखना चाहिए। शंका में जीने से हमारी भविष्यदृष्टि का दायरा कुंद होता है। इंसान पूरी तरह सक्षम है, यह जानना और विश्वास करना सशक्त जीवन जीना है। अपेक्षा छोड़ने से असीमित परिणाम मिलते हैं। *एक पाद दंडासन* ऐसी मुद्रा है, जो शक्ति देती है। विश्वास पर एकाग्र होने से मुद्रा का हर पल उपयोग होगा।

- पेट के बल लेट जाएँ। हथेलियाँ कंधों जितनी चौड़ाई पर फैला लें और शरीर को फ़र्श से ऊपर उठाएँ।
- रीढ़ सीधी रखें और पैरों की अँगुलियों को मोड़ें।
- हाथ मोड़ें और कोहनियाँ शरीर के पास टिका लें।
- साँस लेते हुए बायाँ पैर छत की ओर उठाएँ, लेकिन धीरे-धीरे।
- साँस छोड़ें और अपनी ठुड्डी नीचे करते हुए फर्श को छुएँ, साथ ही अपने बाएँ पैर को उठाए रखें।

सम कोण मुद्रा (सी)

अभ्यास

✦ सम कोणासन (सी) ✦
सम कोण मुद्रा (सी)

योग प्रयासरहित लगे, इसके लिए अभ्यास की आवश्यकता होती है। जब शरीर को योग की दिनचर्या का अभ्यस्त हो जाता है, तो अंग–संचालन आसानी से होता है। तब ऐसा लगता है जैसे अभ्यासी मुद्राओं में तैर रहा हो और श्वास की लय में बह रहा हो। जब अभ्यास निरंतर जारी रहता है तो सब कुछ अच्छा होता है। जैसा टिम मिलर कहते हैं, "अभ्यास ही वास्तविक शिक्षक है।" निरंतर प्रयास से जटिल भी सरल हो जाता है, मुश्किल आसान हो जाता है और चुनौती मित्र की तरह नज़र आती है। *सम कोणासन (सी)* अभ्यास की आदत को बलवती बनाने वाली बेहतरीन मुद्रा है। यह एक चुनौतीपूर्ण मुद्रा है जो शुरुआत में भयावह लग सकती है, लेकिन बाद में रोमांचक में विकसित हो सकती है। इस मुद्रा के दोहराव से चिर–परिचित प्रवाह निर्मित होता है। शरीर की सीमाओं को स्वीकार करना अधिक आसान बन जाता है और जब इस मुद्रा का अभ्यास किया जाता है तो हर बार इसमें थोड़ी अधिक प्रगति होती है।

- ◆ बैठकर शुरू करें और पैरों को चौड़े फैला लें।
- ◆ साँस खींचते हुए रीढ़ को लंबा करें और साँस छोड़ते समय आगे झुकें।
- ◆ हाथ फ़र्श पर रख लें और कई साँसों तक इसी मुद्रा में रहें।
- ◆ प्रक्रिया दोहराएँ और हर बार पैरों को थोड़ा ज़्यादा फैलाएँ।

बालक की मुद्रा

टालने की आदत

✦ बालासन ✦

बालक की मुद्रा

"मैं दबाव में सबसे अच्छा काम करता हूँ," यह लोकप्रिय जुमला टालमटोल के संसार में बहुत अच्छी तरह लागू होता है। प्रोक्रेस्टिनेशन (टालमटोल) शब्द का सबसे अच्छा हिस्सा इसका उपसर्ग "प्रो" है, जिससे प्रोफ़ेशनल यानी पेशेवर शब्द दिमाग़ में आता है। *बालासन* एक ऐसी मुद्रा है जिसका अभ्यास करके टालमटोल की आदत को कम किया जा सकता है। माथे को फ़र्श पर टिकाएँ और अपने मन को शांत करें। तनाव कम करने के लिए इधर-उधर हौले-हौले हिलिए और किसी भी प्रकार के मानसिक बोझ को एक तरफ़ रख दें। इस यौवनदायी मुद्रा में कुछ समय बिताने के बाद ताज़गी भरी ऊर्जा का अहसास खिल उठता है। इससे समय का प्रबंधन अधिक आसान लगने लगेगा और सफलता सुनिश्चित लगेगी।

- अपने घुटने फर्श पर टिकाएँ और आगे की ओर झुकें।
- कूल्हों की मांसपेशियों को एड़ियों पर दबाएँ।
- माथा फर्श की ओर ले जाएँ और ठुड्डी को सीने की ओर अंदर करें।
- हाथ पीछे की ओर फैलाएँ; हाथों को ढीला छोड़ दें और कोहनियाँ फ़र्श पर टिका लें।

एक पैर वाले कपोत सम्राट की मुद्रा

सुरक्षा

✦ एक पाद राजकपोतासन ✦

एक पैर वाले कपोत सम्राट की मुद्रा

शारीरिक भाषा बहुत कुछ व्यक्त कर देती है। लोग जब तक अपने माहौल से परिचित नहीं हो जाते, तब तक वे आम तौर पर औपचारिक ही रहते हैं। इसे प्रदर्शित करने का तरीक़ा यह होता है कि वे अपने हाथ पर हाथ और पैर पर पैर चढ़ा लेते हैं। यहाँ तक कि नज़रें मिलाने से भी कतराते हैं। शरीर के कुछ ख़ास आसन व्यक्ति की रक्षात्मक अवस्था को दूर कर सकते हैं। *एक पाद राजकपोतासन* एक ऐसी मुद्रा है जो रक्षात्मकता से परे जाने के लिए प्रोत्साहित करती है। हाथ फैलाने और जोड़ों में गति का दायरा बढ़ाने से ग्रहणशीलता बढ़ती है। जब कूल्हों को बाहरी ओर से घुमाया जाए, तो ऊर्जा संचार के लिए मुक्त होती है, जिससे भावनाएँ सतह पर आ जाती हैं। इससे मनुष्य आंतरिक विश्वास बनाना सीखता है, जो शारीरिक भाषा की तुलना में रक्षा का अधिक गहरा रूप है।

- घुटनों के बल बैठ जाएँ और हथेलियाँ फ़र्श पर रख लें।
- दायाँ पैर दाईं कलाई के बाहर की ओर फैला लें और दाईं एड़ी को जाँघों की ओर ले जाएँ।
- दाएँ पैर को फ़र्श पर रख लें और बायाँ पैर पीछे की ओर फैला लें।
- हाथों को फ़र्श पर दबाते हुए सीने को फ़र्श की ओर लाएँ।
- अपने हाथ सामने की ओर सीधे फैला लें।

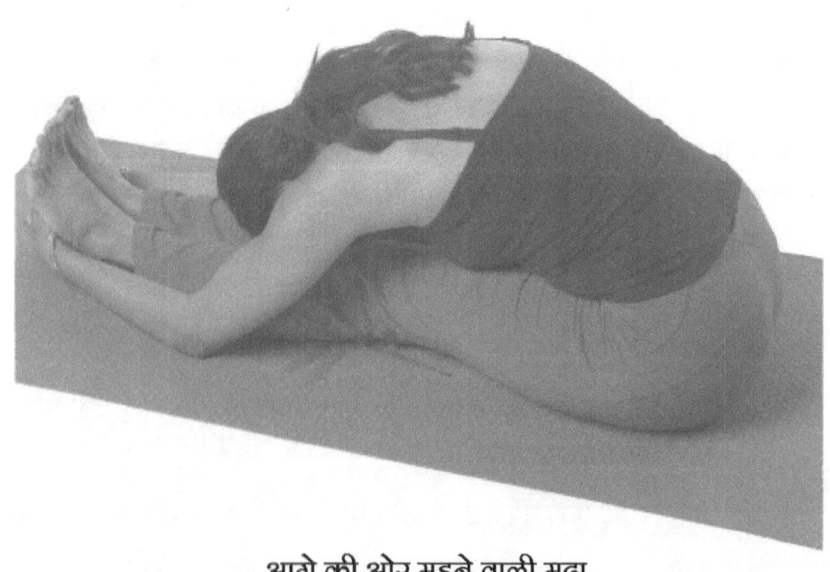

आगे की ओर मुड़ने वाली मुद्रा

प्रतिक्रिया करना

✦ पश्चिमोत्तानासन ✦

आगे की ओर मुड़ने वाली मुद्रा

सभी योग प्रशिक्षणार्थी ध्यान दें, यह समय क्रिया करने का है – प्रतिक्रिया का नहीं। शारीरिक प्रतिक्रिया तब होती है जब मन को चोट का डर सताता है। लोग संभावित दर्द से अपनी रक्षा करने की ख़ातिर अपने घुटने मोड़ लेते हैं। वैसे शरीर के व्यवहार पर ग़ौर करें तो विभिन्न प्रकार की प्रतिक्रियाएँ देखी जा सकती हैं। *पश्मिोत्तानासन* प्रतिक्रिया की प्रवृत्तियों को उजागर करता है। घुटनों के पीछे स्थित नसों को लंबा करने के बारे में डर को मुँह सिकोड़ने, शरीर समेटने और उथली श्वास के ज़रिए व्यक्त किया जा सकता है। तनाव पर ग़ौर करें और तंत्रिका तंत्र को शांत करने के लिए मांसपेशियों को शिथिल करें। जब प्रतिक्रिया कम हो जाती है, तो योग अपने आप हो जाता है।

- बैठ जाएँ और अपने पैर सामने की ओर सीधे फैला लें।
- रीढ़ की हड्डी के मूल स्थान को नीचे की ओर दबाएँ और नाभि को रीढ़ की ओर भींचें।
- साँस लें, हाथ ऊपर उठाएँ और अँगुलियों को आगे रखें।
- साँस छोड़ें और अँगुलियों को पैरों की ओर ले जाएँ। यदि संभव हो, तो पैरों के अँगूठे पकड़ लें।
- अपना माथा घुटनों की ओर खींचें और रीढ़ को लंबा करें।

हस्त शलभ मुद्रा (बी)

पाना

✦ हस्त शलभासन (बी) ✦

हस्त शलभ मुद्रा (बी)

जब हम कोई उपहार पाते हैं, तो वह हमारा हो जाता है। अन्यथा वह देने वाले का ही बना रहता है। दरअसल, जब हम ग्रहणशील अवस्था में होते हैं, तो चीज़ें हमारी ओर आती हैं। हम ऊर्जा की एक उच्च आवृत्ति संचारित करते हैं और ख़ुशक़िस्मती को आमंत्रित करते हैं। पाने की हमारी इच्छुकता समृद्धि को हमसे जुड़ने के लिए प्रवृत्त करती है। हो सकता है कि हमारे किसी दिन की अच्छी शुरुआत हो, लेकिन उसका अंत बुरा हो। हमारा वह दिन कैसे बीतता है, यह दरअसल वरदानों के प्रति हमारी ग्रहणशीलता से तय होता है। एक बेहतरीन रणनीति यह है कि ऊर्जा के प्रवाह के लिए हृदय को खोल दिया जाए। *हस्त शलभासन (बी)* सीने को चौड़ा करता है और हृदय के क्षेत्र में ऊर्जा भरता है। जब ऊर्जा उच्चतर *चक्रों*, ख़ास तौर पर हृदय, गले और सिर, में प्रवाहित होती है, तो ग्रहणशीलता तीक्ष्ण होती है। इस आसन द्वारा लाई जाने वाली समृद्धि को अपने जीवन में ग्रहण करें।

- पेट के बल लेटकर पैरों को आपस में सटा लें और हाथ बग़ल में रखें।
- अपनी अँगुलियाँ पीठ के पीछे गूँथ लें और हाथ ऊपर उठा लें।
- शरीर के ऊपरी हिस्से को फ़र्श से ऊपर उठाएँ, ऊपर देखें और पिछले हिस्से को हवा में उठाएँ।

पेट मोड़ने की मुद्रा

आरोग्य

✦ जठर परिवृत्तासन ✦
पेट मोड़ने की मुद्रा

दिन–प्रतिदिन की घटनाओं के साथ गति बनाए रखने की दौड़ बढ़ती जा रही है। एकाग्र होने का अहसास हासिल करने का समय निकालने से ताज़गी मिलती है। जठर *परिवृत्तासन* एक आसान मुद्रा है, जिसका इस्तेमाल आरोग्य के लिए किया जा सकता है। यह छुटपुट चोटों को ठीक करने के लिए भी उपयोगी है – बशर्ते इसमें कोई दर्द न हो। आगे और पीछे झुकने वाले व्यायामों, देर तक बैठे रहने या पीठ के किसी भी तनावपूर्ण आसन के बाद इसे किया जाना चाहिए। यह कूल्हों की गड़बड़ी को ठीक करती है। रीढ़ को मोड़ने से कमर के निचले हिस्से की थकान और कठोरता से राहत मिलती है। कूल्हे और पेट के अंग दुरुस्त होते हैं। पूरे शरीर में गहन शांति का अहसास आ जाता है। इस मुद्रा में आंतरिक शांति से जुड़ने के ख़ज़ाने को खोजें।

- पीठ के बल लेट जाएँ, हाथ बग़ल में चौड़े कर लें और हथेलियाँ ऊपर की ओर रखें।

- साँस खींचें और अपना दायाँ पैर सीने की ओर लाएँ।

- साँस छोड़ें, ऊपरी शरीर को घुमाएँ और दाएँ पैर को शरीर के पार ले जाएँ।

- बाएँ हाथ की अँगुलियाँ अपने दाएँ पैर की ओर ले जाएँ।

- बाईं ओर देखें और अपनी गर्दन घुमा लें।

191

पेट के बल लेटना

यौवन प्राप्ति

✦ पेट के बल लेटना ✦
(कोई संस्कृत नाम नहीं)

यह जानना अद्भुत है कि आराम करने के कई तरीक़े होते हैं। जब पीठ के बल लेटना असहज होता है, तो अन्य उपायों से मनचाही राहत मिल सकती है। पेट के बल लेटने से रीढ़ की हड्डी को राहत मिल सकती है। यह पीछे झुकने की क्रिया की विपरीत मुद्रा भी है और दर्दनाक आगे झुकने की क्रिया का विकल्प भी। निद्रा में पहुँचने के लिए पेट के बल लेटने का अभ्यास करें। यह एक सरल मुद्रा है, जिसे लंबे समय तक किया जा सकता है। कुछ लोग सोते समय स्वाभाविक रूप से इस मुद्रा में पहुँच जाते हैं। यह साइटिका के लिए भी मददगार हो सकती है, क्योंकि इससे पैर की तंत्रिकाओं को आराम मिलता है और रीढ़ की चोटों का उपचार होता है। अपनी चिंताओं को भूल जाएँ और बस आराम करें।

- ◆ पेट के बल लेट जाएँ; हाथ अपने शरीर के सामने मोड़ लें।
- ◆ सिर को अपने हाथों पर आराम से रख लें।
- ◆ अंदरूनी पैर को कोहनी के निचले हिस्से की ओर मोड़ें।
- ◆ अपने दूसरे पैर को सीधा रखें।

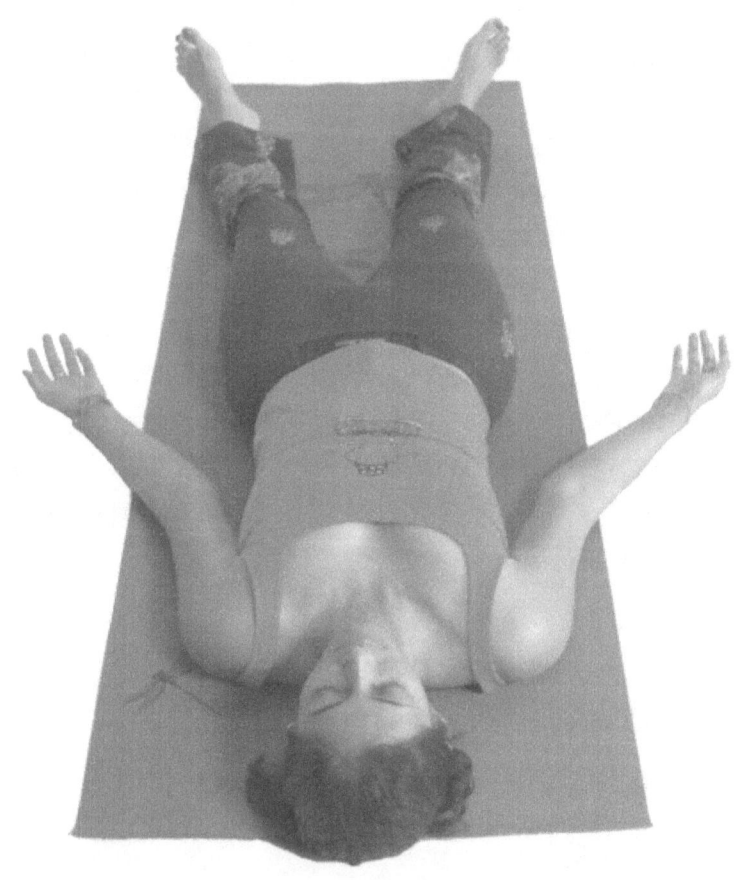

शव मुद्रा

विश्राम

✦ शवासन ✦

शव मुद्रा

हो सकता है कि "शव मुद्रा" के बारे में सोचने से मन को शाश्वत शांति न मिले, लेकिन मूलतः यह असंतुलन के अंत और पुनर्यौवन के जागरण का प्रतीक है। जब मन शांत होता है, तो यह चिंतारहित हो सकता है। जब सुकून देने वाला संगीत बजता है, तो कई बार कमरे के भीतर गहरे खर्राटे की आवाज़ भी सुनाई दे सकती है। मैंने योग-शिक्षक के प्रशिक्षण में *शवासन* के दौरान ऐसा होते देखा है। दरअसल, निद्रा उपचार की ऐसी अवस्था है, जो आंतरिक शांति और ध्यान से पहले आती है। विश्राम के दौरान शरीर इसके मूल तत्व – गहरी स्थिरता – की ओर यात्रा करता है। *शवासन* जैसे चेतन विश्राम में समूचे शरीर में आराम की अनुभूति होती है। ख़ुशी भीतर से उत्पन्न होती है, जो उच्चतर स्वरूप के साथ आंतरिक मिलन को दर्शाती है। योगासनों की पूरी शृँखला व्यक्ति को विश्राम की अवस्था हासिल करने के लिए तैयार करती है, जो एक झपकी से भी अधिक ताज़गी देने वाला हो सकता है।

- पीठ के बल लेट जाएँ, वैकल्पिक रूप से अपनी आँखों पर तकिया रख लें।
- पैरों को शरीर से पैंतालीस डिग्री दूरी के कोण पर रखें।
- कंधों को कानों से दूर खींचें और हथेलियाँ ऊपर की ओर रखें।
- स्वाभाविक रूप से साँस लें और छोड़ें।
- आँखें बंद कर लें और पूरे शरीर को संपूर्ण रूप से शिथिल कर लें।

पैर दीवार पर

आराम करना

✦ विपरीत कर्णी (बी) ✦

पैर दीवार पर

कई योग मुद्राएँ बहुत स्फूर्तिदायक हो सकती हैं। *विपरीत कर्णी (बी)* एक ऐसी ही अद्भुत मुद्रा है, जो तब की जाती है, जब शरीर को पुनर्जीवन की ज़रूरत होती है। महिलाएँ अक्सर अपनी रजोनिवृत्ति के दौरान उलटमुद्राओं के स्थान पर इसे करती हैं। यह मुद्रा आम तौर पर योगासनों की शृँखला के अंत में की जाती है। बहरहाल, यह इतनी सरल है कि इसे दफ्तर में भी किया जा सकता है। मैंने अक्सर सोचा है कि यह कॉरपोरेट योगा के लिए एक बेहतरीन लंच-ब्रेक आसन हो सकता है। मनुष्य को पृथ्वी से जो ऊर्जा मिलती है, उसका इस्तेमाल वह दफ्तर में एकाग्रता के लिए कर सकता है। यह शुरुआती लोगों के लिए सुखद योग मुद्रा है और इसमें लंबे समय तक रहा जा सकता है। आप *विपरीत कर्णी* (बी) को परिवार वालों, मित्रों, अन्य व्यक्तियों, यहाँ तक कि ससुराल वालों को भी बता सकते हैं। कौन जाने ऐसी ताज़गी क्या कमाल कर दे!

- अपने शरीर को समानांतर रूप से ऊपर कर लें और दीवार के यथासंभव निकट आ जाएँ।
- पैर ऊपर उठाकर नब्बे डिग्री के कोण पर रख लें और दीवार पर टिकाकर आराम दें।
- कूल्हे दीवार पर दबाएँ और रीढ़ के निचले हिस्से को ज़मीन पर।
- पैरों को कूल्हों की चौड़ाई जितना अलग करें और हथेलियाँ ऊपर करके हाथ बग़ल में रखें।

एक हाथ से अर्ध चंद्र मुद्रा

जोखिम लेना

✦ अर्ध चंद्रासन ✦
एक हाथ से अर्ध चंद्र मुद्रा

हेलन केलर ने लिखा था, "जीवन या तो एक साहसिक रोमांचक यात्रा है, या फिर कुछ नहीं है।" जोखिम लेना डरावना हो सकता है, लेकिन ध्यान रहे, इससे शक्ति भी मिलती है। जोखिम के बिना जीवन बोझिल और मशीनी बन जाता है। जोखिम लेना रोमांच में जीना है। गिरकर ही व्यक्ति नई खोजें करता है। जोखिम लेने से मन चुस्त और जाग्रत होता है। यह महानता की संभावना का अनुभव करने का अवसर होता है। "उसने कहा, किनारे तक आ जाओ। उन्होंने कहा : हम भयभीत हैं। उसने कहा, किनारे तक आ जाओ। वे आ गए। उसने उन्हें धक्का दिया... और वे उड़ने लगे।" –गियोम अपोलोनिएर। मुद्रा में संतुलन एक जोखिम भरा व्यवहार है। *अर्ध चंद्रासन (बी)* शरीर को किनारे तक लाता है और मस्तिष्क को अनजान साहसिक यात्रा पर भेजता है। संतुलन बेहतर बनता है और पूरे शरीर की शक्ति बढ़ जाती है।

- खड़े हों और अपना दायाँ पैर बाएँ पैर से तीन फुट की दूरी पर रख लें।

- आगे की ओर झुकें, बायाँ पैर उठाएँ और दाएँ हाथ से ज़मीन को छुएँ।

- दाएँ हाथ को दाएँ पैर के कुछ इंच की दूरी पर रखें।

- अपने ऊपरी शरीर को तिरछा घुमा लें और बाएँ पैर से छत की ओर संकेत करें।

- बाएँ हाथ को छत की ओर उठाएँ।

एक पैर वाली बिल्ली की मुद्रा

साइटिका

✦ एक पाद मार्जरासन ✦

एक पैर वाली बिल्ली की मुद्रा

पहली नज़र में एक पाद *मार्जरासन* ऐसा लग सकता है, जैसे मार्शल आर्ट्स के वॉर्म-अप के दौरान फ्लाइंग किक मारी जा रही हो। सौभाग्य से, यह इतना जटिल नहीं है, जितना कि लगता है। वास्तव में यह पीठ के लिए वरदान है और पीठ संबंधी समस्याओं को ठीक करता है। दोनों दिशाओं में गतिविधि साइटिका नाड़ियों को आराम पहुँचाती है तथा दुरुस्त करती है। यह साइटिका की समस्या को कम करती है। पीठ में आराम मिलता है और जब पैर आगे-पीछे झूलते हैं, तो यह लचीली होती है। जननांग तथा पेट में भी संचार बढ़ता है। इस मुद्रा को करना या देखना आनंददायक हो सकता है। कक्षा में मैं विद्यार्थियों को याद दिलाती हूँ कि इसे करते समय वे अजनबियों या पास से गुज़र रहे प्रशिक्षक को लात न मारें।

- घुटनों के बल बैठें और हाथ ज़मीन पर टिका लें।
- अपने घुटने कूल्हों की सीध में रखें और हाथ कंधों की सीध में।
- साँस लेते हुए अपना बायाँ पैर उठाएँ, सीधा करें और इसे पीछे की तरफ़ ऊपर तानें।
- पीठ का कोण बनाएँ और अपनी निगाह ऊपर रखें।
- साँस छोड़ें और लम्बवत् पैर को मोड़ते हुए, घुटने को माथे की ओर लाएँ।

मुड़ी हुई बिल्ली की मुद्रा

कंधे का तनाव

✦ परिवृत्त मार्जरासन (ए) ✦
मुड़ी हुई बिल्ली की मुद्रा

कंधे दैनिक जीवन के कई कार्यों में प्रयुक्त होने वाली मांसपेशियों का एक व्यस्त समूह हैं। शरीर के इस हिस्से में आसानी से थकान हो सकती है। कंधों का तनाव यदि लंबे समय तक बना रहे, तो इससे शरीर के ऊपरी हिस्से का विन्यास सख़्त हो सकता है। कंधों के तनाव को नियमित रूप से मुक्त करते रहने से ये सख़्त नहीं होते हैं और अन्य चोटों से भी बचाव होता है। कुछ योगासन कंधों के तनाव से राहत पहुँचाने का काम कर सकते हैं। *परिवृत्त मार्जरासन (ए)* कंधों को लचीला बनाने की प्रभावी मुद्रा है। जो लोग बिल्ली को प्यार नहीं करते हैं, उन्हें भी इस मुद्रा के अद्भुत लाभ मिलते हैं। दरअसल मोड़ने से ऊपरी पीठ और गर्दन के क्षेत्रों का तनाव मुक्त होता है। पूरे तंत्रिका तंत्र को आराम मिलता है और रीढ़ का तनाव कम होता है।

- घुटनों के बल बैठें और हथेलियाँ फ़र्श पर दबाएँ; घुटनों को कूल्हों जितनी चौड़ाई पर फैला लें।

- अपनी कलाइयों को कंधों की सीध में रखें और अपने बाएँ हाथ को शरीर के पार फैला दें।

- बाहरी बाएँ कंधे को ज़मीन तक लाएँ और सिर को फ़र्श पर टिका लें।

- दाएँ हाथ को नब्बे डिग्री पर झुकाएँ और ऊपर छत की ओर देखें।

- गर्दन में होने वाली किसी भी असुविधा के प्रति सतर्क रहें और आवश्यकतानुसार परिवर्तन करें।

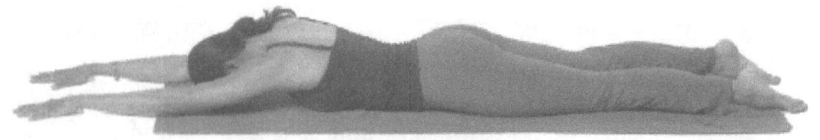

विपरीत शवासन

विपरीत शवासन

मौन

✦ अद्वासन ✦

विपरीत शवासन

अपेक्षा या शक्ति के बिना मौन प्रकट होता है। पतंजलि कहते हैं, "योगाश चित्त वृत्ति निरोधः।" यानी योग तब होता है, जब चित्त यानी मन की वृत्तियों के साथ हमारा तादात्म्य ख़त्म हो जाता है। मौन उच्चतर चेतना का अतिथि प्रकटीकरण है। इसकी भव्यता से हम इसे अधिक चाहने लगते हैं। इसमें बिताए जादुई पल हमारी स्मृति में गहरे बैठ जाते हैं। कई बार तो मौन का अनुभव करने के लिए हमें पहले शरीर को नींद द्वारा पोषण देने की आवश्यकता होती है। *अद्वासन* या *विपरीत शवासन* एक ऐसा आसन है, जिसका प्रयोग निद्रा या लंबी आरामदेह अवस्थाओं को प्रेरित करने के लिए किया जा सकता है। यह स्लिप डिस्क, गर्दन की अकड़न और बिगड़े हुए अंगविन्यास में भी मददगार होता है। इस आसन को करने से मन शांत होता है। मौन को विकसित करना एक ऐसा कार्य है, जो करने लायक़ है। मौन न केवल स्वर्णिम, बल्कि आनंददायक भी होता है।

- पेट के बल लेटें। साँस लेते हुए दोनों हाथ सिर के ऊपर तान लें।
- साँस छोड़ें। माथे को फ़र्श पर टिका लें और सिर को थोड़ा-सा झुका लें।
- अधिक सुविधा के लिए अपने सीने के नीचे एक तकिया रख लें।
- लयबद्ध श्वास के स्वाभाविक प्रवाह पर ग़ौर करें और मौन के अहसास को जाग्रत करें।

धनुष की मुद्रा

स्लिप्ड डिस्क

✦ भद्र धनुरासन ✦

धनुष की मुद्रा

यह आसन करें और डिस्क संबंधी समस्याओं से ख़ुद को बचाएँ। धनुरासन करना आसान नहीं होता। धनुरासन के विभिन्न प्रकारांतरों में *भद्र धनुरासन* रीढ़ का चाप बनाने का थोड़ा संयमित तरीक़ा है। स्लिप्ड डिस्क या सर्विकल स्पॉन्डिलाइटिस में जितना कष्ट होता है, उस पर ग़ौर करते हुए शरीर को धनुष मुद्रा में मोड़ना कहीं अच्छा तरीक़ा है। यह आसन इस तरह तैयार किया गया है, ताकि इन रोगों से होने वाले दर्द में राहत मिले। इससे हृदय तथा फेफड़ों को भी लाभ मिलता है और श्वसन तंत्र विकसित होता है। जब अक्रियाशील कोशिकाएँ सजीव होती हैं, तो ध्वनि के प्रभाव तीव्र हो जाते हैं और अक्सर साँस या हुंकार सुनाई देती है। इससे ऊपरी पीठ और हृदय के साथ-साथ मनुष्य की मनोदशा भी ऊपर उठ जाती है।

- पेट के बल लेट जाएँ और अपने पैरों को आपस में सटा लें।
- घुटने मोड़ें और एड़ियों को कूल्हों की मांसपेशियों की ओर ले आएँ।
- अपने हाथों से टखनों को पकड़ें और ठुड्डी को फ़र्श पर टिका लें।
- घुटनों और जाँघों को फ़र्श पर दबाएँ। हाथ सीधे कर लें।
- साँस लें; सिर और सीने को फ़र्श से ऊपर की ओर उठाएँ।

वज्र की मुद्रा

आध्यात्मिकता

✦ वज्रासन ✦

वज्र की मुद्रा

आध्यात्मिकता कोई लक्ष्य नहीं है, जिसे हासिल किया जाए। बल्कि यह तो एक कर्म है। अम्मा कहती हैं, "एक की सेवा करो और सबकी सेवा करो, हर इंसान को ईश्वर की भिन्न छवि के रूप में देखो। यही सच्ची आध्यात्मिकता है।" जहाँ सुरंग जैसा अंधकार होता है, आध्यात्मिक लोग वहाँ प्रकाश ले आते हैं। आध्यात्मिकता को व्यक्त करने का कोई एक तरीक़ा नहीं होता, न ही कोई एक आसन होता है, जो आध्यात्मिक प्रवृत्तियों को प्रेरित करता हो। *वज्रासन* में इंसान एड़ियों पर बैठता है। यह विनम्रता का प्रतीक है, जो सच्चे आध्यात्मिक आकांक्षियों का गुण है। हथेलियों को नीचे रखकर इंसान समर्पण और व्यापक चेतना के प्रति इच्छा का नज़रिया प्रदर्शित करता है। योगाभ्यास से आध्यात्मिकता के सर्वोच्च लक्ष्य प्राप्त किए जा सकते हैं। कई वृहद जीवन अनुभवों से गुज़रने के बाद हम ख़ुद को स्रोत (हमारे अपने आंतरिक प्रकाश) तक लौटते हुए पाते हैं।

- घुटने फ़र्श पर टिकाएँ और उन्हें कुछ इंच की दूरी पर रखें।
- रीढ़ सीधी करें और कूल्हों को एड़ियों पर रख लें।
- हथेलियाँ घुटनों पर रखें और एक स्थान को केन्द्रित होकर देखें।
- सीधी रीढ़ के साथ तनकर बैठें और अपने विचारों का अवलोकन करें।

बैठकर कोण (बी) की मुद्रा

स्थिरता

✦ कोणासन (बी) ✦
बैठकर कोण (बी) की मुद्रा

स्थिर होने की कुंजी इस अहसास से उत्पन्न होती है कि चीज़ें हमेशा अस्थिर होती हैं। कोई भी दो पल कभी एक-से नहीं होते। जो स्थाई है, वह है हमारे विचार और कार्य चुनने की शक्ति। जब हम चीज़ों के स्थिर होने की अपेक्षा करते हैं और वे परिवर्तित हो जाती हैं, तो विपरीत प्रतिक्रियाएँ उत्पन्न हो सकती हैं। क्रोध या हिंसा की ओर प्रवृत्त होने के बजाय हम अपनी ऊर्जा का दोहन कर सकते हैं। स्थिर बैठने का सामर्थ्य स्थिर व्यवहार का प्रशिक्षण स्थल है। *कोणासन (बी)* शरीर को लंबे समय तक आराम से बैठने के लिए तैयार करता है। धरती माता हमेशा तैयार रहती हैं और स्थिर रहने की हमारी आवश्यकता को समर्थन देने की इच्छुक रहती हैं। भावनाओं को शुद्ध करने के लिए हमें ऐसा मानसिक चित्र बनाना चाहिए कि वे हमारे द्वारा साँस छोड़ते समय शरीर से प्रवाहित होकर धरती में जा रही हैं।

◆ आराम से बैठें और अपने पैरों को कुछ फुट की दूरी पर रखें। अपनी पसलियों और सीने को ऊपर उठाएँ।

◆ रीढ़ को सीधा रखते हुए आगे की ओर झुकें। दोनों हाथों की अँगुलियाँ पैर के अँगूठों की ओर बढ़ाएँ।

◆ आख़िर में, पैरों को हाथों से पकड़ लें और फ़र्श की ओर देखें।

चार अंगों की छड़ी मुद्रा

शक्ति

✦ चतुरंग दंडासन ✦
चार अंगों की छड़ी मुद्रा

मैं एक गीत के ये शब्द पसंद करती हूँ, "...विश्वास दे माँ," जिसका अर्थ है, देवी माता, मुझे शक्ति दो। यह मेरे मस्तिष्क को शुद्ध करता है और मुझे प्रेरित करता है। शारीरिक शक्ति के लिए *चतुरंग दंडासन* का अभ्यास करें। यह आसन खड़ी मुद्रा से आड़ी मुद्रा में परिवर्तन के लिए इस्तेमाल किया जा सकता है। यह पूरे शरीर को मांसपेशीय ऊर्जा का इस्तेमाल करने की चुनौती देता है। पाँच बार साँस लेने या उससे अधिक समय तक इस मुद्रा में बने रहने से शारीरिक शक्ति में वृद्धि होती है। अभ्यास से शरीर सहनशीलता विकसित करता है और मांसपेशियाँ चुस्त होती हैं। मस्तिष्क एकाग्रता विकसित करता है और आंतरिक अस्तित्व जगमगा उठता है। इस मुद्रा में शक्ति सभी स्तरों पर उत्पन्न होती है।

- ◆ घुटनों के बल बैठें, आगे झुकें और हथेलियाँ फ़र्श पर रख लें।

- ◆ हथेलियों पर दबाव डालते हुए शरीर के ऊपरी हिस्से को फ़र्श से उठाएँ।

- ◆ अपने हाथ कंधों जितनी चौड़ाई पर रखें। कंधों को कलाइयों की सीध में रखें।

- ◆ हाथों को नब्बे डिग्री पर मोड़ें और रीढ़ सीधी कर लें।

- ◆ पैरों को पीछे तानें और उनकी अँगुलियों पर दबाव डालें।

मुड़े हुए वानर की मुद्रा

तनाव

✦ परिवृत्त अंजनेयासन ✦

मुड़े हुए वानर की मुद्रा

तनाव में इंसान चीख-चिल्ला सकता है, लेकिन तनाव का दैनिक नियंत्रण कहीं अधिक आसान है। जब आप तनावग्रस्त महसूस करते हैं, तो भावनाएँ मस्तिष्क की स्पष्टता से सोचने की योग्यता को बादल की तरह ढँक लेती हैं। अजीब बात यह है कि लोग तब तक तनाव को इकट्ठा करते रहते हैं, जब तक कि यह असहनीय न हो जाए। जब आप बहुत तनाव में हों, तो शांति की ओर लौटने का एक बेहतरीन तरीक़ा है परिवृत्त अंजनेयासन। इस आसन को करते वक़्त जब रीढ़ मुड़ती है और मुक्त होती है, तो नई ऊर्जा बाहर निकलती है, जिससे तनाव ख़त्म होता है। अपने तनाव और अवरोधों को दूर करें।

- घुटनों के बल बैठें और हथेलियाँ फ़र्श पर रखें।
- दायाँ पैर मोड़ें, ताकि दायाँ घुटना दाएँ पैर के अँगूठे की ओर आ जाए।
- बाएँ पैर को पीछे तान लें और उसका घुटना फ़र्श पर टिका लें।
- बाईं कोहनी को दाईं जाँघ के बाहर रखें।
- दोनों हथेलियाँ जोड़ें और छत की ओर देखें।

सिर के बल खड़े होने की मुद्रा

सहारा

✦ शीर्षासन ✦

सिर के बल खड़े होने की मुद्रा

सृष्टि ऐसी ऊर्जाओं का परस्पर संबंध है, जो आपस में जटिलता से गुँथी हुई हैं। जब ऊर्जा का एक स्रोत दूसरे का समर्थन करता है, तो एक शृँखला बन जाती है। जब लोग हमारे जीवन में ऐसा करने लगते हैं, तो हम उन्हें मित्र कहते हैं। यदि हम उनसे ऐसा करने की उम्मीद करते हैं, लेकिन वे नहीं करते हैं, तो हम उन्हें दूसरा नाम दे देते हैं। हम योग में दीवार, अतिरिक्त सामग्री या दूसरों की मदद लेकर सहारा पा सकते हैं। *शीर्षासन* मुद्रा करें और शरीर के लिए सहारा निर्मित करें। इसे सभी आसनों का सम्राट माना जाता है और यह शरीर पर गुरुत्वाकर्षण की शक्ति का प्रतिरोध करता है। मस्तिष्क ऑक्सीजन से भर जाता है और नए परिदृश्यों से ऊर्जावान बनता है। जब हम शरीर को ऊपर की ओर उठाते हैं, तो हम डर को जीत लेते हैं। सहारा आंतरिक शक्ति का इस्तेमाल करने और इस मुद्रा में इच्छाशक्ति हासिल करने से मिलता है।

- घुटनों के बल बैठें और अपनी कोहनियों से आगे तक के हिस्से को त्रिकोण की स्थिति में फ़र्श पर टिका लें।
- अपनी अँगुलियों को कसकर गूँथ लें और सिर के सबसे ऊपरी हिस्से को अपनी हथेलियों पर आराम से रख लें।
- अपने सिर के पीछे के हिस्से को हथेलियों से छूने दें, ताकि हाथ में दर्द न हो।
- घुटने सिर की ओर लाएँ और पैरों को सीधा कर लें।
- अपने पैर आधी दूर तक ऊपर लाएँ या जितना सीधा संभव हो उतना करें; गर्दन के किसी भी तनाव को मुक्त कर दें।

चौड़े पैर की मुद्रा (सी)

समर्पण

✦ प्रसारित पादोत्तानासन (सी) ✦

चौड़े पैर की मुद्रा (सी)

जब आप इसका पता लगा लें, तो मुझे लिखें – मैं आपके ज्ञान के बारे में सुनना पसंद करूँगी। इस दौरान आप मेरी भी सुनिए। फ़िल्मों में समर्पण को अक्सर युद्ध हारने के रूप में चित्रित किया जाता है, जिसके परिणामस्वरूप निराशा फैलती है। वैसे असल जीवन में समर्पण उच्चतर चेतना के सामने अपने व्यक्तिगत लक्ष्य सौंप देने की तरह है। उच्चतर शक्तियाँ हमें आंतरिक मार्गदर्शन देती हैं और संकेत भेजती हैं। शाश्वत चेतना के ये संदेश हमारे सर्वश्रेष्ठ हित में होते हैं। ऐसे समर्पण को प्रोत्साहित करने वाली एक मुद्रा है – *प्रसारित पादोत्तानासन* (सी)। सिर झुकाने और बाँहों को सिर के ऊपर मुक्त करने में इंसान जीवन पर पूर्ण नियंत्रण करने की इच्छा का त्याग कर देता है। अपेक्षाएँ कम हो जाती हैं और आश्चर्य प्रकट होते हैं। जब आंतरिक प्रकाश का अनुसरण किया जाता है, तो आप सपनों की भूमि पर हौले से उतरते हैं।

- अपने पैर एक–दूसरे से पाँच फुट की दूरी पर रखें।
- अपने शरीर और पैर तिरछे रखें; अँगूठों का कोण अंदर और एड़ियों का बाहर की ओर बनाएँ।
- साँस खींचें और अँगुलियाँ पीठ के पीछे आपस में बाँध लें, अपनी ऊपरी कमर का चाप बना लें।
- साँस छोड़ें और आगे की ओर झुकें; माथा फ़र्श की ओर ले जाएँ।
- साँस लेकर अपने हाथ कूल्हों पर रखें। साँस छोड़ें और ख़ुद को खड़े होने की मुद्रा में लाएँ।

अर्ध कच्छप मुद्रा

पसीना

✦ अर्ध कूर्मासन ✦
अर्ध कच्छप मुद्रा

शरीर कई अवसरों पर पसीने की ग्रंथियों को सक्रिय कर देता है। अधिकतर लोगों को वह पसीना याद आ जाता है, जो आर्थिक ज़िम्मेदारियाँ निभाने के दौरान आता है। पसीना गर्मागर्मी के माहौल या विभिन्न योग–क्रियाओं में आता है। *अर्ध कूर्मासन* एक ऐसी मुद्रा है, जिसमें बहुत–सा पसीना आ सकता है। किसी सीमित स्थान के भीतर गर्मी मांसपेशीय ऊतक में संचारित होती है और संचार को सक्रिय करती है। जब पसीना बढ़ता है, तो यह शरीर को प्रदूषक तत्वों से मुक्त करता है। यह शरीर की सफ़ाई है और इससे मन को राहत मिलती है। यह आसन जितनी देर तक आरामदेह रूप से किया जाए, शुद्धि की प्रक्रिया उतनी ही अधिक होती है। इस मुद्रा में केवल पसीना ही न निकालें, इसका आनंद भी लें।

- बैठें और अपने पैर बग़ल में कंधों की चौड़ाई से कुछ इंच आगे रखें।

- पैर मोड़े रखें और पैरों के तलवे फ़र्श पर सीधे टिकाएँ।

- दाएँ हाथ को दाएँ पैर के नीचे से निकालें और बाएँ हाथ को बाएँ पैर के नीचे से।

- आगे झुकें, हाथों को कमर के पीछे ले जाएँ और दोनों हाथों को जकड़ लें।

- अपनी हैमस्ट्रिंग्स को लंबा तान लें और माथा फ़र्श की ओर लाएँ।

पूर्ण नौका मुद्रा

समय

✦ परिपूर्ण नौकासन ✦
पूर्ण नौका मुद्रा

समय एक भ्रम है। जब जीवन बोझिल लगता है, तो यह केंचुए की तरह रेंगता है। जब जीवन आनंददायक होता है, तो यह पंख लगाकर उड़ने लगता है। योगाभ्यास के दौरान मनुष्य समय की शक्ति के साथ जुड़ता है। जब *परिपूर्ण नौकासन* के दौरान समय का हिसाब रखा जाता है, तो इंसान इसका मूल्य पहचानने और सराहने लगता है। इस आकलन में जब संख्याएँ बढ़ती हैं, तो गहनता में वृद्धि होती है। विद्यार्थी तैरती नौका की मुद्रा को पेश करते समय उत्सुक होते हैं, न कि डूबती नौका का। यह हमें सिखाता है कि जब ऊर्जा एक बिंदु पर एकाग्र होती है, तो हर पल में कितना कुछ हासिल किया जा सकता है। अब अभ्यास करने का समय है।

- बैठें, अपने घुटने मोड़ लें और पैरों को फ़र्श पर रखें।

- अपने ऊपरी शरीर को पीछे झुकाएँ, रीढ़ सीधी करें और पैर उठा लें।

- अपने हाथ सीधे आगे बढ़ाएँ, हथेलियाँ नीचे की ओर तथा कंधों के समानांतर रहें।

- अपना सीना उठाएँ, अपने ऊपरी शरीर को सीधी क़तार में लाएँ।

- अपने पैरों की अँगुलियों को देखें।

हाथ से पैर के अँगूठे को छूने की मुद्रा

उचित तालमेल

✦ उत्थित हस्त पादांगुष्ठासन ✦

हाथ से पैर के अँगूठे को छूने की मुद्रा

नृत्य करते समय लोग हाथ-पैर हिलाने का आनंद लेते हैं। योग करते समय प्रयास किया जाता है कि ध्यान भंग न हो। यदि ज़बर्दस्ती कोई आसन किया जाए, तो या तो चोट लग सकती है या अहं बढ़ सकता है। उचित तालमेल से स्वाभाविक प्रगति होती है। जब मस्तिष्क यह माँग करता है कि कोई काम एक पल में हो जाए, तो वह इसे परिपक्व नहीं होने देता। यह तो वैसा ही है, जैसे किसी फल के पकने से पहले ही उसे खा लिया जाए। जब तालमेल सही होता है, तो काम दोषरहित होता है। यह आदर्श बन जाता है। *उत्थित हस्त पादांगुष्ठासन* को कुशलता से करने के लिए शक्ति, एकाग्रता, संतुलन और सहनशीलता, सभी की ज़रूरत होती है। यह एक चुनौतीपूर्ण मुद्रा है, जिसमें किसी तरह की जल्दबाज़ी नहीं करनी चाहिए। जब सभी चीज़े सामंजस्य में होती हैं, तो पुष्प अपने आप खिल जाता है।

- खड़े हों, अपना दायाँ पैर उठाएँ तथा इसे सीधे अपने सामने तानें।
- अपना बायाँ हाथ बाएँ कूल्हे पर रखें।
- आगे झुकें, अपने दाएँ पैर के अँगूठे को दाईं तर्जनी और अँगूठे से पकड़ें।
- अपनी रीढ़ सीधी करें और निगाह एक जगह केंद्रित करें।
- अपने कूल्हों और कंधों की दिशा कमरे के सामने की ओर रखें।

पीछे झुकने की क्रिया

विश्वास

✦ ऊर्ध्व धनुरासन ✦

पीछे झुकने की क्रिया

विश्वास कई स्तरों में होता है, जिस तरह पीछे झुकने की क्रिया होती है। यदि हम सचेत रहे बिना ख़ुद को खड़ी मुद्रा से पीछे छोड़ दें, तो सिर के बल ज़मीन पर टकरा सकते हैं। ख़ुद के भीतर विश्वास निर्मित करना हमारी योग्यताओं को जानने की प्रक्रिया है। पीठ को पीछे मोड़ना आत्म-विश्वास हासिल करने का लाभकारी तरीक़ा है। आंतरिक विश्वास के इस अहसास को विकसित करने के लिए *ऊर्ध्व धनुरासन* करें। इस मुद्रा में सात मुख्य *चक्र* सक्रिय हो जाते हैं और हृदय खुल जाता है। हथेलियों पर दबाव डालें और हाथों को लंबा करें, ताकि आप तन सकें।

- पीठ के बल लेटें और अपने पैर मोड़ लें।
- घुटनों को एड़ियों की सीध में रखें।
- साँस लें, हाथ ऊपर उठाएँ और अपनी अँगुलियों कंधों के नीचे जमाएँ।
- साँस लें और अपनी पीठ तथा कूल्हों को फ़र्श से ऊपर उठाएँ।
- हाथ सीधे करें, गर्दन को पीछे मोड़ें और सिर पीछे रखकर हाथ के अँगूठों को निहारें।

तिरछे तख़्ते वाली मुद्रा

विजय

✦ अर्ध वशिष्ठासन ✦
तिरछे तख़्ते वाली मुद्रा

मैंने एक बहुत अच्छा सवाल सुना है : "यदि आप चूहा-दौड़ में जीत जाते हैं, तो इससे आप क्या बनते हैं – एक चूहा?" सच्ची विजय जीवन का सबसे बड़ा युद्ध जीतने से मिलती है : वह युद्ध, जो हम स्वयं से लड़ते हैं। कई परिस्थितियाँ मनुष्य को उसकी राह से दूर कर सकती हैं। कार्यों को असफलताओं या ग़लतियों के रूप में परिभाषित करने से व्यक्ति अवनति की ओर चला जाता है। प्रगति तब होती है, जब हम लक्ष्य बनाते हैं और अच्छी तरह जानते हैं कि हम क्या करने में सक्षम हैं। *अर्ध वशिष्ठासन* अपने भीतर विजय का अहसास भरने का एक तरीक़ा है। *अर्ध वशिष्ठासन* एक ऐसी मुद्रा है, जहाँ निगाह ऊपर की ओर उठती है, जिससे इंसान को सफलता मिलती है। जो लोग "चाहिए" के बंधनों में अटके हुए हैं, उन्हें इस मुद्रा का अभ्यास करना चाहिए।

- ◆ अपनी बाईं हथेली दबाएँ और अपने शरीर को तिरछी मुद्रा में उठाएँ।
- ◆ अपने कंधे कलाइयों की सीध में लाएँ।
- ◆ दाएँ हाथ को छत की ओर उठाएँ।
- ◆ अपने दाएँ पैर को बाएँ पैर के ऊपर रखकर संतुलन बनाएँ।
- ◆ दिशा बदलने के लिए दोबारा तिरछे लेटने की अवस्था में लौटें।

आदर्श मुद्रा

भविष्यदृष्टि

✧ सिद्धासन ✧

आदर्श मुद्रा

भविष्यदृष्टि उत्पन्न करने के लिए क्रिस्टल बॉल, लंबे बालों और समाधि–अवस्था की ज़रूरत नहीं है। भौंहों के बीच के बिंदु की हमारी उच्चतर शक्तियाँ महाशक्तियों जैसी हैं। *आज्ञा चक्र*, जिसे छठा चक्र कहा जाता है, दरअसल एक अतींद्रिय केंद्र है। यह हमें स्पष्ट और सरल भाषा में संदेश देता है। जब संदेशों को नज़रअंदाज़ किया जाता है, तो वही संदेश प्रायः ख़ुद को धैर्य और दृढ़ता से दोहराता है। *सिद्धासन* भविष्यदृष्टि पाने के लिए उत्कृष्ट मुद्रा है। यह मुद्रा मन को चुस्त बनाती है और ध्यान की ऊर्जा देती है। एकाग्र होने की मानसिक योग्यता इस मुद्रा के द्वारा पैनी होती है, जिससे व्यक्ति एक आंतरिक दृष्टि क़ायम रख पाता है। जिस तरह अचार को पेट के भीतर डालने के बजाय उसका स्वाद लेना अधिक मज़ेदार होता है, उसी तरह उच्चतर जागरूकता के साथ संपर्क का अपना अलग ही आनंद होता है।

- सीधी रीढ़ के साथ फ़र्श पर बैठें और पैर सामने फैला लें।
- अपना बायाँ पैर मोड़ें, बाईं एड़ी को पकड़ें और इसे मूलाधार के पास रखें।
- अपना दायाँ घुटना मोड़ें और दाईं एड़ी को जननांग पर टिका लें।
- हाथों को घुटनों पर रखें।
- दोनों हाथों के अँगूठों को उनके पास की तर्जनी के साथ जोड़ लें।

आधे धनुष की मुद्रा

अति संवेदनशीलता

✦ अर्ध ऊर्ध्व धनुरासन ✦

आधे धनुष की मुद्रा

एक बार मैं एक अतींद्रिय दृष्टि वाली महिला से मिली, जिसने दावा किया कि एक ही समय में चेतन रूप से दो जीवन जीना संभव है। मैंने सुना ज़रूर था कि लोग कठोर योगाभ्यास से *सिद्धियाँ* प्राप्त कर लेते हैं, लेकिन तब तक किसी ने भी मेरे सामने असाधारण आध्यात्मिक शक्तियों का इस तरह खुलकर ज़िक्र नहीं किया था। उसजने मुझे एक सलाह भी दी, जिसे मैंने पूरी तरह सँजोकर रखा है। यह सलाह थी : वही करो, जिससे तुम प्रेम करती हो। इसके बाद हर चीज़ सही हो जाएगी। पहले तो मैंने ऐसे जीवन की कल्पना की, जो न्यूनतम अनिवार्यताओं पर आधारित हो। बाद में, मुझे अहसास हुआ कि वह महिला मुझे कोई बेहतर चीज़ करने के लिए प्रोत्साहित कर रही थी। अपने हृदय का अनुसरण करना जोखिम भरा और पुरस्कारदायक था। *अर्ध ऊर्ध्व धनुरासन* बर्हिमुखी बनने के लिए एक अच्छी मुद्रा है। जब भावनाएँ इस मुद्रा के दौरान ख़ुद को प्रकट करती हैं, तो उनसे दूर भागना मुश्किल होता है।

- पीठ के बल लेट जाएँ। पैरों के बीच में थोड़ी जगह रखें।
- घुटने मोड़ें और पैर ज़मीन पर दबा लें।
- साँस लें और अपने हाथ सिर के ऊपर उठा लें।
- साँस छोड़ें और अँगुलियाँ कंधों के नीचे लाएँ; हथेलियाँ नीचे रखें।
- साँस लें, कमर मोड़ें, पसलियाँ उठाएँ और सिर के ऊपरी सिरे को हौले से टिकाएँ।

सिर को घुटने से लगाना

वज़न कम करना

✦ पार्श्वोत्तानासन ✦

सिर को घुटने से लगाना

इंसान मालपुए खाकर और व्यायाम से बचकर कैलोरियाँ जलाने की उम्मीद नहीं कर सकता। हर इंसान के शरीर के वज़न का सीधा-सीधा संबंध ग्रहण की गई और उपयोग की गई कैलोरियों की मात्रा से होता है। इस वैज्ञानिक सिद्धांत के बावजूद, वज़न कम करने और बढ़ाने की योग्यता के संदर्भ में कई दावे किए जाते हैं। वज़न कम करने का एक अधिक स्पष्ट तरीक़ा अपनी प्रगति पर निगाह रखना या उन आसनों का अभ्यास करना है, जो कमर की अनावश्यक चर्बी को कम करते हैं। इस आसन से कमर मज़बूत होती है और शरीर हल्का होता है। शरीर की चर्बी को साफ़ करना एक तरह से भावनाओं की सफ़ाई करने जैसा है। *पार्श्वोत्तानासन* की हर गतिविधि अपने वज़न को हल्का करने की एक आध्यात्मिक अभिव्यक्ति है।

- दोनों पैरों को एक-दूसरे से लगभग तीन फ़ुट की दूरी पर रख लें और एड़ियाँ सीध में ले जाएँ।

- हथेलियों के सिरों को पीठ और कंधों के जोड़ों के पीछे दबाएँ।

- पैर सीधे रखें, जबकि कूल्हे और कंधे सामने रखें।

- साँस लें और पीठ के ऊपरी हिस्से को मोड़ते हुए पसलियाँ उठाएँ।

- साँस छोड़ें, आगे झुकें और माथे को दाएँ घुटने की ओर ले जाएँ।

झुमके की मुद्रा

इच्छाशक्ति

✦ लोलासन ✦

झुमके की मुद्रा

जब कोई व्यक्ति सचमुच कुछ हासिल करना चाहता है, तो यह उसके आस-पास के लोगों के सामने स्पष्ट हो जाता है। किसी को सक्रियता से अपने प्रयासों में जुटे देखना प्रेरक और उत्साहवर्धक हो सकता है। जब कोई व्यक्ति अपने लक्ष्य पर केंद्रित होता है, तो उसके जीवन में स्फूर्ति, मनोबल और प्रेरणा का ज़बर्दस्त प्रवाह होता है। चाहे यह प्रेम में पड़ना हो या ऊँचाई से नीचे गिरना, इसे देख पाना एक सुंदर अनुभव होता है। इच्छाशक्ति की प्रक्रिया उन्नत योगासन करने की कोशिश जैसी होती है। जोखिम लेने का एक साहसिक निर्णय, जो इस डर के पार जाता है कि दूसरे क्या सोचेंगे। इसके बाद सफल होने का प्रबल संकल्प आता है। जब इच्छाशक्ति सर्वाधिक कुशलता से इस्तेमाल की जाती है, तो इंसान वही चाहता है, जो मानव जाति के लिए सबसे अच्छा होता है। लोलासन मुद्रा में आने के लिए ज़बर्दस्त इच्छाशक्ति की ज़रूरत होती है। इच्छाशक्ति विकसित करने के लिए यह एक बेहतरीन मुद्रा है।

- ◆ पालथी मारकर बैठें।

- ◆ आगे झुकें और अपनी हथेलियाँ कसकर दबाएँ।

- ◆ अपने कूल्हों को फ़र्श से उठाएँ; वॉर्मअप के लिए पैर ज़मीन पर रखें।

- ◆ पेट और कंधे की शक्ति का इस्तेमाल करते हुए पैरों को फ़र्श से ऊपर उठाएँ।

- ◆ इस मुद्रा में बने रहें और यदि संभव हो, तो पैरों को आगे-पीछे झुलाएँ।

आनंदित बाल मुद्रा

यौवन

✦ आनंद बालासन ✦
आनंदित बाल मुद्रा

नए दोस्त बनाने का सबसे अच्छा तरीक़ा लोगों को यह बताना है कि वे सचमुच कितने युवा दिखते हैं। उम्र के वास्तविक तथ्यों के बावजूद इस बात का अधिक असर पड़ता है कि आप कैसा महसूस करते हैं। योगी कहते हैं कि आप अपने जन्मदिन जितने बूढ़े नहीं हैं; आप तो अपनी रीढ़ जितने बूढ़े हैं। दरअसल, सृष्टि की विराट योजना में उम्र एक भ्रम है। समय नापने की इकाई का इतना व्यक्तिगत अर्थ लगाना बेतुका है। जब भी योगाभ्यास किया जाता है, तो हर बार यह बूढ़े होने की प्रक्रिया को उलट देता है। जब योगाभ्यास से अधिक आनंद उत्पन्न होता है, तो यौवन बढ़ता है। आप कितने युवा महसूस करते हैं, यह जानने के लिए *आनंद बालासन* का अभ्यास करें। शाश्वत काल के प्रवाह में जीवन दरअसल पलक झपकने जैसा होता है, तो दरअसल यह गिनती कौन कर रहा है?

- ◆ पीठ के बल लेट जाएँ और अपने घुटने नब्बे डिग्री पर मोड़ लें।
- ◆ अपने पैरों के तलवे छत की ओर रखें और हाथों से उन्हें पकड़ लें।
- ◆ हाथों से तलवों को दबाएँ।
- ◆ रीढ़ के निचले हिस्से को फ़र्श पर दबाएँ। हाथों की शक्ति का उपयोग करके पैरों को नीचे धकाएँ।

समापन

108 योग मुद्राओं की यात्रा पूरी करने पर बधाई! मुझे आशा है कि आपकी यह यात्रा संतुष्टिदायक और आनंददायक रही होगी! अब आप नई संभावनाओं की शुरुआत कर रहे हैं। अच्छी ख़बर यह है कि अद्भुत आश्चर्य आपकी राह में हैं! अपनी इस यात्रा को आगे जारी रखने के लिए मेरी वेबसाइट www.yogavortex.com पर आएँ और मेरी ई-मेल सूची में शामिल हों। मुझे आपके संदेश की प्रतीक्षा रहेगी!

नमस्ते ("मेरे भीतर का दैवी तत्व आपके भीतर के दैवी तत्व के सामने सिर झुकाता है"),

कमलेश